热层之密室

提子墨 著

天津出版传媒集团
百花文艺出版社

新经典文化股份有限公司
www.readinglife.com
出　品

热层之密室

出场人物

[二〇〇九年～二〇一〇年]

◆伊果·托夫斯基（Igor Tovski）：五十岁，俄罗斯籍，男航天员、机械工程专家、环球空间站轮值指挥官，隶属俄罗斯联邦航天局（ROSCOSMOS）。二〇〇九年参与环球空间站第十五梯队航天任务。

◆布莱恩·豪威尔（Bryan Howell）：四十五岁，美国籍，男航天员、物理学博士，隶属美国国家航空航天局（NASA）。二〇〇九年参与环球空间站第十七梯队航天任务。

◆雅各布·汤普森（Jacob Thompson）：四十七岁，美国籍，男航天员、生物学家，隶属美国国家航空航天局。二〇〇九年参与环球空间站第十七梯队航天任务。

◆尤里·安东诺夫（Yuri Antonov）：四十二岁，俄罗斯籍，男航天员、航天博士，隶属俄罗斯联邦航天局。二〇〇九年参与环球空间站第十八梯队航天任务。

◆阿尼·勘斯瓦（Arne Kamsvåg）：四十岁，瑞典籍，男航天员、粒子物理学家，隶属欧洲航天局（ESA）。二〇〇九年参与环球空间站第十八梯队航天任务。

◆田原孝介（Kosuke Tahara）：四十五岁，日本籍，男航天员、航天工程学家，隶属日本宇宙航空研究开发机构（JAXA）。二〇〇九年参与环球空间站第十八梯队航天任务。

◆汤玛士·卡林（Thomas Carlin）：四十六岁，美国德州休斯顿约翰逊航天中心任务控制总部 FCR1 控制室指挥官。另有 FCR1 控制室的多位指令通信人员、亨茨维尔航天支持中心与俄罗斯莫斯科太空中心的地勤人员。

◆如天使般发光的外星人：传说中宛若一团团发光云体的生物，在航天史上曾出现于不同空间站。

[二〇一七年～二〇一八年]

◆维特·托夫斯基（Viktor Tovski）：三十五岁，俄罗斯籍，伊果·托夫斯基之子，航天工程天才、航天工程学博士，曾参与多项宇宙飞船的设计与建构。

◆布瑶·豪威尔（Brielle Howell）：二十六岁，美国籍，布莱恩·豪威尔之女，小学教师。

◆星野天彦（Amahiko Hoshino）：四十四岁，日本籍，男航天员、航天工程学家，隶属日本宇宙航空研究开发机构。二〇一八年参与环球空间站第三十六梯队航天任务。

◆贝拉蜜·罗宾森（Bellamy Robinson）：三十八岁，美国籍，女航天员、物理学家，隶属美国国家航空航天局。二〇一八年参与环球空间站第三十六梯队航天任务。

◆阿哈努·索西（Ahanu Tsosie）：三十五岁，加拿大籍，男性太空游客，舒斯瓦普族（Shuswap Nation Tribal）原住民。他亦是加拿大 Ogopogo 电玩游戏公司首席执行官，绰号“微笑药师

(Smirking Medicine Man)”。

◆艾登·库珀（Eden Cooper）：四十二岁，美国籍，男航天员、天文学家、环球空间站轮值指挥官，隶属美国国家航空航天局。二〇一七年参与环球空间站第三十四梯队航天任务。

◆蓝斯·史密斯（Lance Smith）：四十二岁，美国籍，男航天员、生物学家，隶属美国国家航空航天局。二〇一八年参与环球空间站第三十五梯队航天任务。

◆瓦西里·伊万诺夫（Vasily Ivanov）：四十八岁，俄罗斯籍，男航天员、机械工程专家，隶属俄罗斯联邦航天局。二〇一七年参与环球空间站第三十四梯队航天任务。

◆尼古拉·利夫希茨（Nikolay Lifshitz）：四十六岁，俄罗斯籍，男航天员、机械工程专家，隶属俄罗斯联邦航天局。二〇一八年参与环球空间站第三十五梯队航天任务。

◆拉斐尔·桑托斯（Rafael Santos）：四十岁，巴西籍，男航天员、生物学家，隶属巴西航天局（AEB）。二〇一七年参与环球空间站第三十四梯队航天任务。

◆柯瑞·麦考利（Corey Maculay）：四十五岁，加拿大籍，男航天员、航天博士，隶属加拿大国家航天局（CSA）。二〇一八年参与环球空间站第三十五梯队航天任务。

环球空间站（U.S.S.）平面配置图

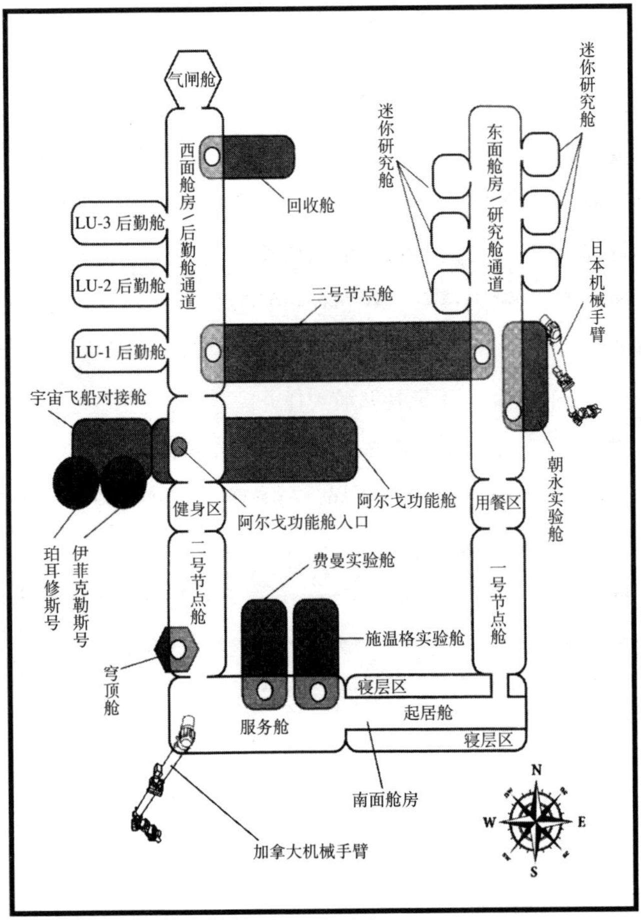

注：白色区块为上层舱房；灰色区块为下层舱房；白色圆形图示为通往下层的舱口。

假如，我们能以挽救世人的性命来代替报复，是否会更美好？难道我们不能运用所有的能力与智慧，来达到那种真实的永久安定吗？我认为我们能，也必须这样做。

——美国前总统罗纳德·里根一九八三年三月二十三日电视演讲稿节录

Wouldn't it be better to save lives than to avenge them? Are we not capable of demonstrating our peaceful intentions by applying all our abilities and our ingenuity to achieving a truly lasting stability? I think we are indeed. Indeed, we must.

——US President Ronald Reagan's TV Speech on March 23, 1983

序幕

UTC 协调世界时，二〇一〇年一月一日。

环球空间站[①]，穹顶舱。

地球的背光面静静地在大气层中运转着，沉睡在夜色中的海洋、山脉与陆地全都笼罩在一抹单调的灰蓝下。只有云层里偶尔雷电交加的光晕和电离层中飘舞的绿色极光，依然如一群无声的舞者，在黑暗中闪动着、跳跃着。

一切安静得仿佛可以听到这颗星球转动时的低吟声。

伊果 · 托夫斯基捧着一台高倍数的长镜头相机，正飘浮在空间站的穹顶舱里。他游移在几扇不同视角的舷窗前许久，才终于找到一个自认为完美的取景角度，将双脚勾住舱房地面的固定杆后，耐心等待着那个人生中难得的时刻。

这个只有两立方米的舱房有着六块环状的梯形舷窗，正中间

①环球空间站（USS / Universal Space Station）为作者虚构的空间站，但站内的航天数据与运作方式参考实际的国际空间站（ISS / International Space Station）。

则是一扇圆形的天窗。此时，穹顶舱的几面窗户外是地球北半球的景色，左边的一扇舷窗里正远远映着莫斯科的夜景。伊果从空间站上鸟瞰着他所熟悉的那座俄罗斯首都，它宛若一片散发着橙黄光芒的巨大蜘蛛网，放射状的线条密密麻麻交织在寂静的大地上。

当远处的苍穹从细小的湛蓝缓缓转为耀眼的鱼肚白时，原本昏暗的中俄罗斯高地霎时褪去了神秘的黑色轻纱，露出一片片白雪皑皑的陆地与丘陵，就连奥卡河和伏尔加河的脉络也逐渐苏醒，重现了那片北方雪国的壮丽景观。

伊果迫不及待地按着相机上的快门，希望能从空间站上捕捉到他生长的那座城市在迎接新年第一道曙光时的美景。

尽管空间站在每天绕行地球的过程中会经历不同时区的十六次日出和日落，不过伊果还是算出了莫斯科的日出时间，完成了任务控制总部派给他的这个非正式任务，只为了能分享给俄罗斯联邦航天局官网上成千上万的太空迷们。

这是伊果在环球空间站的第一百八十五天。他是二〇〇九年第十五梯队的俄罗斯籍航天员，负责这个空间站第一阶段的主架与桁架工程。他亦是目前站内最资深的成员，因此才在最后的这两个月里，接手了轮值指挥官之职。

如今空间站上的组员比早年的航天员幸运许多，除了平日单调的实验与工程任务之外，还可以通过网络与家人互通信息，也可利用官网或视频与广大的粉丝们互动交流。有些航天员所属的航天机构会要求他们定期录制一些空间站之旅或生活点滴的影片来满足地球上那些纳税人对他们的好奇与期许。

环球空间站是航天史上第十一个可承载人类的太空研究工作站，主体是由多个节点舱、服务舱、功能舱、起居舱、后勤舱、穹顶舱、微重力实验舱、迷你研究舱、机械手臂与负责载人的宇宙飞船组成。这个空间站位于距离地表三百四十七至三百六十公里的大气层热层① 顶部，以一万七千五百英里的时速环绕地球运行，每日周而复始至少绕行十四圈，每圈耗时约九十分钟。

他们在空间站上的主要任务是协助科学家或企业机构在微重力环境下从事各种实验、研究与观测，项目包括生物学、物理学、天文学、地理学、气象学等。空间站上的组员分别来自美国国家航空航天局、俄罗斯联邦航天局、加拿大国家航天局、欧洲航天局、日本宇宙航空研究开发机构和巴西航天局。这六大太空联盟机构由全球十五个成员国组成。

伊果初抵空间站时，和许多组员一样，对这座飘浮于热层顶部的移动研究中心怀有无比的兴奋与好奇。不过经过六个月完全密闭的工作与生活后，他反而怀念起地球上那种有地心引力的平凡日子。

那期间，伊果除了维修和进行工程之外，曾多次走到空间站外部，在无重力环境下以太空行走的方式完成各项任务。其余时间大多是待在俄罗斯的功能舱里，协助完成莫斯科或休斯顿派发的实验或观测指令。

他庆幸再过一个星期就可以结束这次任务了！只要三位交班组员的宇宙飞船抵达后，他和另外两位美籍航天员便可搭乘伊菲

---

①热层（Thermosphere）亦称热成层、热气层或增温层，是地球大气层的一部分。

克勒斯号[1] 返航，回到地球和亲朋好友们团聚。

此时的他正一边吹着口哨，一边低着头收拾手中的摄影器材，准备返回俄罗斯的功能舱上传刚才拍摄到的那些照片。当他不经意地瞥过玻璃窗时，却突然发现窗外闪过一些不寻常的光线。他原本还以为是相机的观景屏幕反射在舷窗上的光影，可是当他从那面圆形天窗向外望时，却顿时被眼前的景象惊得屏息凝神。

因为穹顶舱外竟然出现了一些模糊的橙色小光团，而且数量在四五个以上。它们从西面舱房下方掠过，看起来就像是一股充满着雾气与光晕的迷你行星团，只不过少了行星团会有的那些细碎陨石或宇宙尘，呈现出一种若隐若现的半透明感。

伊果甚至觉得那些光团像是有生命般缓缓蠕动着，宛若一尾尾鼓着双翅的魟鱼，正随着环球空间站运行的方向飞翔着。他突然想起网络上流传在许多太空迷之间的那几则帖子，也就是曾经在礼炮七号[2] 空间站所发生过的异象。

难道眼前这些诡异的橙色光团就是传说中的“如天使般发光的外星人”？

一九八五年七月十二日，苏联的礼炮七号空间站在执行任务期间的第一百五十五日，六位驻站航天员都声称看到七道如天使般的光团，而且还跟在空间站外如影随形地飞行了十几分钟。他们甚至怀疑那些不明的艳橙云可能是某种外星生命体，因为云团

①伊菲克勒斯号(Iphicles)是作者虚构的俄罗斯宇宙飞船。另有赫拉克勒斯号(Heracles)与珀耳修斯号（Perseus），三个系列的宇宙飞船轮替执行任务。

②礼炮七号（Salyut 7），一个曾经在近地轨道运行的空间站。一九八二年由苏联发射，一九八六年停止载人飞行，一九九二年停止运转，是苏联礼炮计划的成果之一。

所呈现的形体接近人类，但是身高却足足有十多米，仿佛还长着一双双巨大的翅膀。

第一百六十七日，另外三位搭载联盟 T-12 号[①] 宇宙飞船交班的航天员也在甫加入礼炮七号后，信誓旦旦地指出站内曾经被一团温暖的橙色光芒围拢，当他们迅速往舷窗外观察时，竟然也见到那些如天使般的发光生物，其中有些光团还攀附于空间站的主体上。

虽然那些航天员拍下了一段长达四十三分钟的影片，但是被苏联当局列为最高机密。当他们完成任务返抵地球时，马上就被送去接受心理与医疗诊断，并且对外宣称礼炮七号的航天员们由于大气压力、温度波动的异常，大脑供氧不足，进而产生了集体幻觉。

尽管在苏联解体后，俄罗斯联邦航天局仍然否认该传言，但是关于如天使般发光的外星人的图文报道早已在网络上不胫而走了。

直到一九九四年十二月二十六日，美国国家航空航天局的哈勃望远镜拍摄到一座飘浮在太空中的巨大的白色城市，后来更陆续传回一些诡异的光团照片，其中也捕捉到了类似天使形状的光团！它们挥舞着巨大的翅膀飞行于太空中的景象几乎与当年礼炮七号的几位航天员形容的如出一辙。

那些不谋而合之处不禁让许多太空迷相信，如天使般发光的外星人也许真的存在。

---

①联盟 T-12 号（Soyuz T-12）是礼炮七号空间站的第七艘宇宙飞船。

伊果不敢相信自己的眼睛，马上拿起了长镜头相机，不断朝着舷窗外那些发光的云雾按下快门，然后又迅速切换成录像功能，录下了它们缓缓移动的影像。他告诉自己，不管眼前的景象到底是什么，都不能主动将这些画面传回莫斯科！如果当年在礼炮七号上拍摄到的那段神秘影片被列为最高机密，并且对外宣称全部都是航天员的幻觉，那么他现在拍摄到的这些影像与照片又怎么不会依照惯例处理？

窗外的异象持续了三十多秒，那些透着橙色的光团才突然散去，无垠的星空恢复了原有的宁静。圆形的天窗里只剩下湛蓝色的地球，环球空间站正缓缓掠过乌拉尔山脉和西伯利亚冰原的上空。

“伊果，你还在穹顶舱吗？有状况需要向你当面汇报！”

穹顶舱的对讲机突然传来组员的呼叫声，呼叫者是美籍航天员雅各布·汤普森。他是第十七梯队任务中的一位生物学家，负责微重力实验舱里的生物观察与实验。

伊果按下了发话钮：“我还在这里，有什么事情吗？”

“嗯……我们还是见面再说……我和你在阿尔戈功能舱[1] 会合吧。”雅各布回答得有点支支吾吾，而且很快就挂断通信。

伊果原本还以为其他组员也目睹了刚才的异象，才会急着用对讲机向他这个指挥官汇报。不过从雅各布的语气听来，或许只

①阿尔戈功能舱（Argo Functional Cargo Block）是作者虚构的舱房，为环球空间站最早升空的部件，也是除了宇宙飞船之外，唯一属于俄罗斯联邦航天局的舱房，亦是俄籍航天员平日工作与生活的主要据点。

是发生了其他的状况。

毕竟，这个空间站内的舱房大多是密闭式空间，有些舱房就算设有舷窗，通常也是个直径不到半米的小圆窗，如果不是刻意攀在窗前往外望，并不见得会知道站外出现了什么景象。

而他所在的穹顶舱之所以视野辽阔，设有多扇六边形的舷窗与天窗，并不完全是用于地球观测，还是一座可以操控外部加拿大机械手臂的控制室。

伊果轻轻蹬了一下双脚，身子便像在水中浮潜那般慢慢穿出了穹顶舱的圆形舱门。在这种微重力的加压空间，他只要用手轻拨过道的墙面，就能借力以飘浮的状态穿梭在空间站里。

他穿过二号节点舱时，瑞典籍的组员阿尼·勘斯瓦正在跑步机上运动，不过却是以一种奇怪的九十度角悬在墙面上跑步。在没有地心引力的飘浮环境中，航天员们几乎用不上双腿的肌肉，因此每日在健身器材上运动两个多小时，亦是他们防止肌肉萎缩的重要日程之一。

既然这座空间站是微重力空间，那么也就没有所谓的上下左右之分了，因此航天员挑选舱房内的任何一面墙当作地面，都不会出现在地球时那种上下颠倒所带来的晕眩或不适。

当伊果回到俄罗斯所属的阿尔戈功能舱时，雅各布和另一位俄罗斯的航天员尤里·安东诺夫正各自盯着计算机上的监视器画面。雅各布正端详着空间站上几个主要区域的实时画面，而尤里则是快转检视着几台监视器的录像存盘。

雅各布抬起头看着伊果，表情凝重地说：“布莱恩失踪了！”

“你是在开玩笑吧？这座空间站就那么丁点儿大，他怎么可能会失踪？”

伊果觉得这简直太莫名其妙了，站内的加压空间只有八百三十七立方米，难不成他还会在这么小的空间里走丢？

布莱恩·豪威尔和雅各布一样，同为第十七梯队的美籍组员，他是一位小有名气的物理学博士。他在空间站内的工作天数已达一百三十五日了，对站内的一景一物应该了如指掌，伊果怎么也不相信他会出这种新手才有的状况。

一旁的尤里也百思不得其解，操着浓浓的俄腔英语说："他昨晚离开费曼实验舱[①]后，就回到起居舱自己的寝层休息。我从那个区域的监视器录像存盘查到，他在UTC协调世界时凌晨五点左右走出来上洗手间后，就再也没有回到他的寝层了。"

"监视器没有拍到他去了哪里吗？"

"他应该是往二号节点舱后的后勤舱通道走去，那部分的仓储区域没有任何监视器，而且所有监视器都没再拍摄到他的踪影。"尤里一边回话，一边继续转着计算机旁的飞梭钮，在倒转的影像中搜寻着布莱恩的身影。

雅各布摊开一张环球空间站的平面配置图，指着上面的几节舱房说："我整个早上已经找过所有的实验舱、迷你研究舱、服务舱，以及起居舱内的二十四个寝层，都没有看到布莱恩。我本来还以为他可能是到伊菲克勒斯号宇宙飞船里检查设备去了，可是在那里也没有找到他。"

伊果划到了功能舱的另一头，将双脚勾住舱房地板的固定杆

①费曼实验舱，作者虚构的三座实验舱之一，以美国物理学家理查德·费曼命名。费曼与施温格、朝永振一郎共同获得一九六五年诺贝尔物理学奖。

后，迅速扳下面板上十多个红色开关，然后对着墙上那部对讲机说道：“豪威尔博士，这里是伊果·托夫斯基呼叫，请听到广播后速至阿尔戈功能舱报到……”

他重复说了两遍后，才切断了广播系统。依照常理，站内的六位组员无论身在何处，肯定都听得到刚才的那段广播。除非布莱恩是躲在哪里睡死了，或者根本就已经从空间站消失了，才会完全无动于衷。

十多分钟后，布莱恩仍然没有来到功能舱，就连对讲机也没有任何回应。反倒是阿尼与日籍的田原孝介划了进来，毕竟他们从来没有听过这种全面性的广播，直觉认为应该是发生了什么突发状况。

雅各布将布莱恩失踪的情况告诉了他们，几位不同国籍的组员顿时陷入一片沉默。

伊果眉头深锁地环视了每一位组员，然后叹了一口气说：“既然如此，大家就分头进行一次全面搜查，雅各布和尤里负责南向区域的服务舱、起居舱及两个美方的实验舱；阿尼和田原就查看东面和西面的一、二号节点舱，以及延伸出去的后勤舱、日本实验舱和迷你研究舱；我巡视中央区域的三号节点舱、伊菲克勒斯号和宇宙飞船对接舱。大家要确认每一个舱房所对接的上下左右的隔层，全部都要彻底寻找一遍！有任何状况随时互相通报！”

“了解！”四位组员异口同声地回应后，便鱼贯地穿出阿尔戈功能舱。

“雅各布……”伊果像是想到了什么，马上叫住刚刚划过身旁的雅各布。他犹豫了几秒后才道：“还是先不要向你们休斯顿的指令通信员汇报，等搜寻结束有了些眉目后再全盘汇报。”

雅各布明白他的用意，点了点头，蹭了一下双脚，缓缓飘出了功能舱。伊果也随之前往功能舱后方的宇宙飞船及对接舱里查看。

由于这座空间站内不同区域的舱房部件，全是由六大太空联盟机构分工在地面上设计与建构后分批运上空间站与主体对接的，与其说它是一座飘浮的空中楼阁，其实更像是一堆不规则的乐高积木拼凑出来的庞然巨物。

因此，许多主舱房的上下左右都可能延伸出别有洞天的小舱房，虽然还称不上是什么迷宫，可是要在这些狭窄的空间里彻底搜查，也不算是一项容易的任务。

这是伊果从另一位已返航的美籍组员手中接棒指挥官职务的第二个月，尽管他接手的这段时间里小状况不断，但是并没有发生过什么大事件。不过，他今天接连遇到的一些怪事还真是前所未有，他甚至怀疑这两起事件是否有什么关联。

为什么那些如天使般发光的外星人出现没多久后，就传来布莱恩失踪的消息？难道……是那些外星人挟持了空间站上的组员？就像发生在地球上的不明飞行物绑架人类的行径？他想到这里，不禁伸手搔了搔头发，像是想将脑海中的那些杂念挥去。

再怎么说自己也是个经过严格航天训练的俄罗斯航天员、事事讲求逻辑的机械工程专家，要是让莫斯科任务控制总部得知这些光怪陆离的想法，他肯定也会和礼炮七号上的那些航天员一样，被当成脑部缺氧后精神异常、胡言乱语，从此被俄罗斯联邦航天局冷冻起来！

经过四十多分钟的排查后，他并没有发现布莱恩的踪影。负责搜查南向区域的雅各布和尤里，与东面舱房的阿尼都通过对讲机向他汇报了情况，他们都没有找到布莱恩。

唯有负责西面舱房的田原有了些不太一样的蛛丝马迹。他在对讲机里扯着嗓子说："我彻底找过西面的二号节点舱、三个后勤舱、回收舱和气闸舱，就连舱内的厕所和几个夹层空间也都确认过，还是没有找到豪威尔博士。不过那间上锁的 LU-3 后勤舱我无法进入查看，毕竟是属于美方的机密舱房，这可能还要请雅各布亲自过来一趟……"

伊果马上通知了雅各布后，也起身准备前往西面的舱房与他们会合。

LU-3 后勤舱是美籍航天员专属的小型工作站，除了是美方所有微重力实验与研究报告的数据库所在外，亦是他们与美国国家航空航天局传输高机密档案时的地点。最重要的是，在这间密闭式的隔音舱里，两位美籍组员与休斯顿地勤官员进行重要会议时也无须担心隔墙有耳。

这是一座由美国、加拿大、俄罗斯、日本、巴西与欧洲诸国联盟合作的空间站，不同国籍的组员表面上也还算相处融洽，但是，当这些专家学者从事的实验与研究牵涉高端科技与前沿学术时，依然会尔虞我诈，提防本国的研究内容会外泄。因此少数国家除了拥有自己的实验舱或迷你研究舱之外，甚至也会像美方那样自辟处理机密数据的舱房。

当伊果赶到 LU-3 后勤舱时，雅各布正将手掌放到指纹扫描仪上，然后屏幕上才出现了一组密码盘，他背对着其他组员迅速输入了一组密码，可是那扇门完全没有反应。他停了半秒，想了一下，又输入了另外一组紧急密码，舱门才总算缓缓打开。

他半飘浮着将头探了进去，顺手拨了门内的电源开关后，却顿时失声喊了出来：“怎么……怎么会这样……”声音还带着些许惶恐。

舱门外的伊果、阿尼、尤里和田原这时才忍不住探头往里看。当他们见到舱内的景象后也瞠目结舌，声音仿佛卡在喉咙里，久久无法出声。

因为，在那间小小的舱房的空中正飘浮着一具男性尸体，毋庸置疑那就是布莱恩·豪威尔博士。他穿着白色T恤和军绿色工作裤，脸孔与身体朝向舱顶，四肢却软软地悬在躯干上，活脱脱一只断了线的悬丝木偶。

最令人震惊的是，他蓄着短发的头顶上有着一道撞击后留下的撕裂伤口，在微重力的环境下虽然没有大量涌出鲜血，但是却不断地从裂口里溢出一滴一滴的血珠，数不清的血珠飘浮、游移在整间舱房的空中，就像是上百颗微微颤动的血红珍珠，环绕在尸体的四周。

“雅各布，马上出来！把舱门关上！不能让那些血珠跑出来！”伊果迅速喊了出来，还顺势张开双臂将其他几位人员挡在走廊外。

根据航天员对微重力环境的了解，这些充满水分的微小血珠要是顺着气流飘到空间站的其他舱房，肯定会吸附在四周的仪表板或控制盘上，无孔不入地渗进一些精密的仪器与电路板里，严重的话甚至会造成无法预期的机械或电子系统故障。

“尤里，你到回收舱，带几张用过的床单或睡袋来！待会儿两个人一组展开床单，在打开舱门后开始慢慢往里面移，就像……捕蜜蜂那样，务必要将所有浮在空中的血滴全部吸附到床单上！要是一张床单不够，下一组再展开另一张重复相同的动作，绝对不能让哪怕一滴血飘到门外！”

伊果突然又想到什么，回过头对雅各布说：“你快去找一台广角镜头的相机，待会儿在他们行动之前，迅速将陈尸现场拍照记录。等到血液清理完毕之后，再将豪威尔博士遗体上所有异常的部位拍摄下来，我相信休斯顿肯定需要这些照片。”

LU-3 后勤舱位于西面的后勤舱通道上，由美国国家航空航天局设计并建构。整条后勤舱通道另有两间储存补给物品与设备的 LU-1 和 LU-2 后勤舱，尽头则是航天员进行站外活动的气闸舱。

这条通道的墙面夹层是提供水、空气与电能的生命保障系统①运作区块，尽头是组员进行太空行走前使用的气闸舱。气闸舱前方的地面上有一个圆形舱口，连接下层的回收舱，用于囤放站上使用过的资源与废物。通道中段的地板上还有另一个舱口，通往位于下层的三号节点舱，也是连接东西两面舱房的另一条快捷方式。

西面的这三间后勤舱里，只有 LU-3 后勤舱是需要通行认证的舱房，美籍组员必须扫描手掌的五个指纹后，才能启动屏幕上的密码盘，然后输入密码便可自由进入。只有舱门被里面的组员反

①生命保障系统（Life Support System）可提供生存所需的空气、水和食物，维持航天员正常的体温与压力，并且能够将人体代谢出的废物做净化再处理，屏蔽来自太空的射线和微星体。

锁时，才需要输入第二道紧急密码进入。

LU-3后勤舱的内部是一个矩形的厢型空间，舱内约十平方米大小，挑高与左右墙的距离皆为两米左右。舱房的左边是一排布满硬盘抽屉的墙面，每个金属抽屉的面上都标注着日期或编号，看来应该是美方驻站科学家或研究人员历年来在微重力实验舱里累积的实验报告数据库。

右边则有一排工作桌面，上面放了几台笔记本电脑，墙上还嵌着一套内建式的视频屏幕，是美籍组员与休斯顿举行秘密会议时的加密通信设备。舱内的四个面都设有足部固定杆，方便组员们在微重力下以任何一个面为立足点工作。

舱内的尽头有一扇非常小的圆形舷窗，直径大概不超过三十厘米，外圈也如站内的许多舷窗一样，套上了一层帆布遮光罩。

雅各布扫描指纹与输入密码后，舱门没有任何反应，他马上意识到那扇门从舱内被反锁了，才会随即在键盘上输入紧急密码开启舱门。LU-3后勤舱内并没有其他出口，唯一的舷窗又是以完全封闭式的硼硅石英玻璃[①]所制，窗外则是一望无际的浩瀚宇宙。

换言之，这或许就像推理小说中常提到的“密室”，只不过命案现场是在大气层热层顶部的空间站内，距离地表三百四十七至三百六十公里的一起微重力密室命案。

他们将布莱恩的遗体移往起居舱的医疗区后，马上将他连接在远程诊疗系统上。约翰逊航天中心的医疗小组使用扫描仪与流

---

①硼硅石英玻璃（Fused Silica and Borosilicate Glass）是空间站上抗高温、抗高压与抗辐射线的高熔点玻璃。

式细胞分析仪[①]诊断后，初步确定布莱恩已经死亡超过六至七个小时，血液中并没有呈现任何不寻常的细菌或病毒，因此排除了空间站内最令人担忧的传染性疾病。

那位年纪五十多岁、长期负责远程诊疗驻站航天员健康的医师通过医疗区旁的视频慢条斯理地说："我们还需要等到遗体运回地面后，才能商请相关的法医做更进一步的解剖与验尸，目前的远程观察数据只是很粗浅的判断而已……"

他身旁那位叫汤玛士·卡林的FCR1控制室[②]指挥官马上插嘴说："因此，在一切水落石出之前，还烦请各位驻站的工作人员守口如瓶，我也会向各位所属的航天局下达一份正式的保密公函。"

卡林上校是一位灰白发的中年男子，从他严肃的表情可以看出那种喜怒不形于色的军人特质。尤其是他额上那道两寸左右的疤痕，更令人对他产生无形的恐惧感。

"你们的意思是……要将豪威尔博士的遗体运回地球？使用下一航次的无人货运飞船吗？可是……要等那么长的一段时间，我们该如何保存这具尸体？"伊果问。

他脑中充满了困惑，毕竟在环球空间站上并没有冰柜或冷藏设施，那么他们该如何在这一个多月的等待期间，防止布莱恩的遗体继续腐败？又该如何在保存尸体的过程中，避免微重力效应滋生出变异的细菌，危害到站内其他航天员？

---

①流式细胞分析仪（MicroFlow）是加拿大 INO 公司研发与制造的远程分析仪，可运用远程遥控准确分析出航天员的血液细胞、流式物质微粒的物理及化学成分，达到接近医师临床诊断的效果。

② FCR1 控制室，二十世纪九十年代称 MOCR-1 控制室。

汤玛士和身旁的几位官员及医师讨论了好一会儿后才勉为其难地说："不能用货运飞船运送，那样会耽误太多时间，就直接在伊菲克勒斯号返航时运回来吧。"

伊果和雅各布不约而同地睁大了眼睛。

因为一个星期后结束任务返航的组员，原本就是他们二人与已经死亡的布莱恩。如今那只能容纳三位航天员的返航舱里，本来应该兴高采烈返回地球的布莱恩却成了一具冰冷的尸体！

视频会议结束后，他们依照休斯顿的指示，在回收舱内找到了美方报废的舱内用太空服。几位组员将布莱恩的遗体套进去后，用站内打包资源回收品的真空设备抽出太空服内的空气，再充入氮气及混合气体，才完成了尸体密封的程序。

伊果决定将布莱恩的遗体储藏在东面尽头的一间迷你研究舱的夹层里。五位航天员在那里为他举办了一场简单的悼念仪式后，将舱内的温度调到了最低，期望在返航前的最后几天里，布莱恩的遗体不会有太严重的腐败。

自从空间站上发生了那起离奇的命案之后，站内的气氛一直笼罩在一片愁云惨雾之中。伊果依照惯例，将指挥官的职务交接给第十八梯队中比较资深的田原后，就一头栽进伊菲克勒斯号的行前检查与维护工作中。

当然，他并没有忘记带走那些如天使般发光的外星人的影像文件。他抽出相机内的SD记忆卡，用铝箔纸包起来，缝进届时要穿的内裤夹层里。他告诉自己，绝对不能将这些档案交给莫斯科任务控制总部或俄罗斯联邦航天局。

与其说他不想重蹈当年礼炮七号组员们的覆辙，倒不如说他是在未雨绸缪，想将那些档案据为己有。等到他退休之后，要撰写自己的论文或传记时，这些绝无仅有的影像肯定可以使他赚到一笔不错的收入！

他也想过那些外星人或许与布莱恩的命案有直接关系，不过就算他将这些档案提供给美国国家航空航天局，也不见得会找出什么线索。那起案子肯定还是会被美方一手遮天地压下来，他既然连俄罗斯官方都不相信，又怎么会去相信美国官方？

至于雅各布的心情，可就没有伊果那么轻松了。

他与布莱恩为同一梯队的美籍航天员，当伙伴在美方所属的LU-3后勤舱内遇害后，他也首当其冲地成为这宗微重力密室命案的嫌疑人，因为只有他与死者才有命案现场的指纹系统启动权限和开启舱门的那两组通行密码。

尽管在场的四位航天员都可以证明，当时LU-3后勤舱从舱内被反锁着，也都目睹了雅各布在输入第一道密码无效后，才键入紧急密码开启了反锁的舱门，但是没有人敢确定，那些指纹扫描或输入密码的动作，是否有什么巧妙的障眼法。

雅各布为了自保，在返航前就已经着手备份了多份监视器的录像存盘。他依照地勤医疗小组初步推断的死亡时段，找出自己所有的不在场录像画面，有些影像中还有他和阿尼或田原在检修服务舱与节点舱的画面。

他将那些档案全部传回休斯顿任务控制总部，甚至也拷贝了一份在自己的U盘里，作为日后在法庭上的呈堂证供。

只不过，他与伊果都没有预料到，他们在返航前处心积虑的准备根本就是徒劳无功。

第一章

UTC 协调世界时，二〇一七年五月二日。

美国华盛顿州，I-84 高速公路。

维特的车子穿过俄勒冈州的边境后，终于进入了华盛顿州。他从得克萨斯州的休斯顿出发，断断续续在高速公路上朝北开了三天以上，累了就在租来的休旅车上睡觉，饿了就在沿途的加油站买些食物果腹。

这一路上，他刻意戴上了宽边墨镜，改变了发型与穿着，就连餐厅和汽车旅馆都不敢进去，生怕有任何闪失就会被追踪到。那几位随行来美的俄罗斯联邦航天局同事应该已经发现他脱队失踪了吧？美国国家航空航天局不知是否已经通过官方发出了追缉？

他等待这一天已经七年了。为了这一刻的来临，他费尽心思一路往上爬，从一名年轻的航天工程天才，熬到知名的航天工程学博士，才终于跻身俄罗斯联邦航天局参与宇宙飞船的设计与建构，就是希望有朝一日能赴美参与航天计划的合作研讨会。

这一切都是为了父亲留下的只言片语，和他那个永远没有办法实现的承诺。

二〇〇九年，伊果·托夫斯基初登上环球空间站时，维特还只是个未满二十八岁的大孩子，正在波罗的海技术大学攻读硕士学位。父亲是他的荣耀与榜样，他立志要成为像父亲那样被俄罗斯联邦航天局万里挑一的航天员。直到载着父亲返航的宇宙飞船发生爆炸，一切都改变了。

他还记得他与母亲在哈萨克斯坦拜科努尔航天发射场的招待室里，兴奋地等待几公里外返航舱搜寻队的消息时，出乎意料地在电视转播画面上看见伊菲克勒斯号宛如一颗流星般划过天际，在空中化成一团小小的烟火，消失得无影无踪。

生命竟然如此短暂，几分钟前电视新闻还回放着伊果英姿焕发地登上空间站时的片段，下一秒钟三位航天员却灰飞烟灭。紧急救援队在哈萨克斯坦的中亚大草原上寻找了数个星期，却只找到返航舱零星的破片与钢架，和少得可怜的焦黑尸块。

根据俄罗斯联邦航天局的影像与数据分析，伊菲克勒斯号在返回地球的途中发生了弹道式重返大气层现象，也就是切出大气层时的角度过小，以一种陡峭的角度又冲入了大气层，进而返航舱前后错位，使本来位于舱前的防热罩无法发挥作用，导致在返回地面前的十多分钟于哈萨克斯坦上空解体爆炸。

维特永远忘不了母亲声嘶力竭跪倒在地上的身影，前一刻欢天喜地的期待，最后盼来的却是一个残缺不全的下半生。母亲从此成为他迈向航天员之路的阻力，当她罹患非霍奇金淋巴瘤末期时，甚至要求维特可以成为航天工程师，但是绝对不能步父亲的后尘，继续怀抱着登上太空的梦想。

他答应了母亲的愿望，毕竟没有任何一位女性可以承受那种伤心欲绝的椎心之痛，再一次发生在自己儿子身上。

他曾经想不通，伊果在返航前写给他的最后一封电子邮件，到底想要传达些什么信息，因为字里行间充满了不合常理的语句。当年空间站上俄籍组员与家人的通信大多会以航天机密为考虑而进行检查，确认没有泄密的疑虑后，才会从邮件服务器被释出。

也许，地勤人员并没有察觉出问题，但是在维特眼中，那封信却充满了疑窦。除了信中提到的家中现况与现实有所不符，某些用字遣词也不太像伊果的惯用语，甚至还出现了几个词不达意的错字。伊果在文末的署名 Igor Tovski 还跟着一组“IV/IV”的奇怪符号。

维特当年就读的明明就是航天工程系，在信中却被父亲写为信息工程系；母亲没有任何兄弟，伊果却提醒维特要带着母亲与舅舅一起到哈萨克斯坦去迎接他。

那封邮件着实让他看得丈二和尚摸不着头脑。

直到父亲意外过世之后，他才开始怀疑也许那些内容并不完全是明文，而是掺杂着加密文字的密文。他突然想起小时候和父亲玩过的换位暗号法和替代暗号法字谜游戏，索性将信件内容打印了出来，并且用铅笔将那些俄文字母套上公式代换。

首先，他将信中几个与事实不符或词不达意的词挑了出来，套上伊果教过他的换位暗号法，也就是如果密文为“Ercseu Em”，那么就以每两个字母为一组互换位置，依此类推逐一去换位，就会显现出“Rescue Me”的明文。不过这个方法并没有将那些俄文词汇重组成什么合理的词句。

他接着使用替代暗号法来解字谜，这种方式也被称为偏一位字母取代法，就是将密文上的每一个字母都用俄语字母表下一个顺位的字母取代。因此，假设密文为英文的“Qdrbtd Ld”，那么在每个字母都被字母表中的下一个字母替代之后，就会出现隐藏的明文“Rescue Me”。

尽管如此，他依然没有还原出任何有意义的字眼，甚至认为这种小学生玩的编码游戏太幼稚了，很容易就会被精明的莫斯科地勤人员看穿。父亲应该不至于冒这种险，跟他玩什么字谜游戏吧。

他在那张纸上涂涂写写的过程中，也一直思索着伊果署名后的那组“IV/IV”符号。难道那会是解译的规则吗？它们看起来不太像英文或俄文，如果将它们看作罗马数字，那么IV代表的是四，因此将“IV/IV”以阿拉伯数字书写的话，就成了“4/4”。

那会不会是一个暗示，指将伊果曾经教过他的两种解译法分别各套用四次，也就是换位法与替代法各重复使用四次？或许经过八次的换位与替代后，就可以还原出伊果最原始的明文？

以英文字母为范例，如果密文为“Naoyqa Ia”，四次换位与替代的还原过程将会是：

第一次换位“Anyoaq Ai”→第一次替代“Bozpbr Bj”→

第二次换位“Obpzrb Jb”→第二次替代“Pcqasc Kc”→

第三次换位“Cpaqcs Ck”→第三次替代“Dqbrdt Dl”→

第四次换位“Qdrbtd Ld”→第四次替代之后就出现明文“Rescue Me”

结果，从邮件中挑出的十多个字经过他重复套用那两种公式后，竟然真的还原出一段简短的俄文！虽然没有什么文法规则，不过几个单字组成的含义却显而易见。

“传说，如天使般发光的外星人，存在。我将会，与你，分享。”

维特双手发抖地握着那张有点皱的纸，心中激动地呐喊：“这就是你临终前想告诉我的话吗？”

他反复读着那两句破译出来的话语，眼眶不禁红了起来，可是父亲的一字一句，如今却成了没有答案的只言片语。他从小就听过礼炮七号和如天使般发光的外星人的传说，甚至也相信那几位航天员所言属实，不然当年的苏联政府为什么不公开那段长达四十三分钟的影片？

那些能够登上礼炮七号空间站的组员，个个都经历过严格的训练与选拔，才被选为俄罗斯的航天英雄。他们又怎么会愿意去捏造事实，或者被诊断为集体幻觉，而断送了身为航天员的荣耀与前途？

只不过他无法理解，父亲为什么在密文里提起如天使般发光的外星人？那些已经是三十多年前的传言，对许多太空迷来说也是个公开的秘密，那么父亲要分享给他的又是什么呢？

维特能联想到的是，伊果或许在环球空间站见到了那些传说中的外星人，才会迫不及待地想让自己的儿子知悉！只不过还没有抵达地球，一切秘密就随着伊菲克勒斯号葬身在了大气层里。

维特甚至怀疑那起返航舱的爆炸也与那些发光的外星人有关。他相信除了父亲以外，当时肯定还有其他组员知道内情，或许另外两位罹难航天员的遗孀或儿女也和他一样曾经接收过无法解释的信息。

这些年来，他突破层层关卡，跻身俄罗斯联邦航天局的航天工程部，就是为了想全盘了解环球空间站的来龙去脉。他通过官方数据库里的一些档案，查到二〇〇九年到二〇一〇年几位航天员与其家人的信息，希望能从他们口中拼凑出当年的一些真相。

当年的尤里·安东诺夫，如今已贵为俄罗斯国家杜马议员，既然身为国家机器的一分子，维特不觉得能从尤里那边问出什么蛛丝马迹。而阿尼·勘斯瓦，目前是瑞典皇家理工学院的粒子物理学教授，维特曾经给他写过电子邮件，却只收到一封礼貌性的问候回函，完全没有回答维特提出的那些疑问。

田原孝介则在日本筑波宇宙中心任职，负责JAXA航天员候选人的训练计划，他没有回复维特的邮件，不确定是电邮地址有误，还是和阿尼一样可能被下了封口令，才会刻意回避当年在环球空间站上的敏感话题。

另外两位罹难航天员的家属几乎无从查起。雅各布·汤普森的妻子在伊菲克勒斯号爆炸事故的第二年，就搬离曾经与雅各布居住的小镇，听说后来改嫁他人，从此隐姓埋名过着新生活。

唯一有回音的是布莱恩·豪威尔的女儿，她的名字叫作布瑶·豪威尔，目前在西雅图一所小学当教师。当维特得知自己将代表俄罗斯联邦航天局赴美，与美国国家航空航天局的工程师们进行下一波航天计划的研讨会时，心中就悄悄地规划着所有的后续行动。

在他们一行人抵达约翰逊航天中心之后，维特马上将这几年来明查暗访后撰写的几篇文章邮递到几家欧美主流与非主流的航天杂志编辑部。那些文章除了比对礼炮七号空间站上的奇异现象有可能也发生在环球空间站上之外，甚至还公布了伊果返航前的那封信与密文“如天使般发光的外星人”的解译过程。

维特希望通过这种公开的行为唤起更多人关注如天使般发光的外星人和伊菲克勒斯号爆炸案的关联性，或许能够因此收集到更多关联人的消息。他不相信自己是唯一一个接收到环球空间站组员诡异信息的组员亲人！

他深知当这些文章被杂志刊登后，他在俄罗斯的职务和安全将会有麻烦。因此，在预定的技术交流与研讨会结束的前两天，他逃离了得克萨斯州的休斯顿，用伪造的身份租了一台休旅车，开始了由南往北的长途跋涉。

维特的母亲在两年前就过世了，莫斯科对他来说已经没有任何牵挂，他觉得此时就是寻找心中那个谜团谜底的最好时机。

维特花了四十多个小时走走停停，穿越了新墨西哥州、科罗拉多州、怀俄明州、爱达荷州，最终抵达目的地华盛顿州！他下了 US-2 高速公路的交流道后，便随着 GPS 的指示朝西雅图市区行驶，寻找布瑶提及的那家咖啡厅。

在他离开约翰逊航天中心之后，通过加油站的公用电话和布瑶取得了联络。虽然布瑶在电话中犹豫了几秒，不过还是答应他三天后的下午四点钟在派克市场一九一二号的星巴克创始店会面。

维特走进那家外观与装潢都不怎么起眼的咖啡厅，在柜台点了一杯美式咖啡，还刻意压低声线用呢喃的语调说话。他当然不希望自己浓浓的俄腔英语给人留下印象，成为日后被官方追踪时的线索。

他找了一张靠窗的双人圆桌坐了下来，在桌上放了一本当期的《国家地理》，这是他与布瑶约定的辨识方式。他环视了整个咖啡厅，只有七八位顾客，大多是成双成对的中年人，还有刚下课的大学生，以及两位上班族男女。最后才将目光停留在窗外的街景上，期盼下一位走进咖啡厅的会是布瑶。

下午四点三十分，咖啡厅的顾客越来越多，柜台前也排着五六位外带咖啡的客人。维特已经等了超过四十五分钟，那位未曾谋面的女子仍未出现。他开始犹豫到底该不该再等下去。

他对这位豪威尔小姐的性格一无所知，却曾在电子邮件和电话中询问过一些奇怪的问题，现在又贸然约对方出来见面，她大可为了安全而爽约。

五分钟之后，原本坐在隔他两桌的一位棕发女子突然站了起来，表情有点腼腆地走到他的面前，径自在对面的椅子上坐了下来。

维特愣了一下，直盯着那位女子。

她指了指桌上的那本《国家地理》，有点羞怯地说："我就是你在等的布瑶·豪威尔……"

"原来你一直都坐在那里？"

布瑶皱了一下鼻子："对不起，其实我这两天考虑了很久，一直在斟酌该不该赴这个约，本来还打算放你鸽子……"

"我也猜到你有可能会那么做。"

"可是当我重读你在邮件中提到的那几个问题，我猜你可能是在追查当年那艘宇宙飞船失事的真相。无论那次意外的背后到底有没有什么秘密，我觉得我都应该协助你查个水落石出，毕竟我爸也是当时的罹难者之一。"

“真是非常不好意思，因为我贸然行事让你如此为难，还挑起你对那起意外的不愉快回忆。”

“快别那么说！我相信你曾经也和我一样经历过伤痛，才会远道从俄罗斯到这里寻找线索。我刚才坐在那里，一直在观察你的一举一动，只是想确认你并不是网络骗子，或是什么专写杜撰秘闻的三流作家。不过，当我看清楚你的长相之后，很肯定你的确是伊果·托夫斯基的儿子。”

“哦，怎么说？”

布瑶从皮包里掏出一只浅蓝色的皮夹，从中抽出一张泛黄的纸片，将它推到维特的咖啡杯旁边。“你看看这个。”

那是一张有点褪色的彩色照片，画面中有六位或蹲或坐的中年男子。从他们重心不稳的姿势看来，或许是在微重力空间拍摄的，背景应该就是环球空间站的某个舱房。

维特对那张相片并不陌生，因为它曾经出现在许多报纸杂志上，画面由左向右分别是：田原、雅各布、布莱恩、伊果、尤里和阿尼。

布瑶幽幽地说：“这么多年来，当我遇到挫折或失败时，常会盯着照片上的父亲说话，将心中一切的不痛快向他倾诉。所以，我对照片中站在他右边的伊果一点也不陌生，刚才看清楚你的五官之后，还差点吓了一跳，因为你和他简直是一个模子刻出来的。”

维特将那张照片拉得更近，仔细端详着伊果的五官：“真的吗？我还从来没有意识到。”

布瑶沉默了几秒后才道：“好吧，我不敢确定我提供的信息对你有没有用，但是我和我妈已经尽力了。自从收到你的电子邮件后，我们一直在回溯当年的记忆片段，也过滤是否发生过无法理解的怪事。不过，我们想到的都称不上是怪事，顶多只能算是不合逻辑或意料之外的细节。”

“譬如说？”维特问。

“嗯……我爸在环球空间站待了将近半年，当时他几乎每隔一天就会写一封电子邮件给我或我妈，那是他和我们唯一的联络方式，而且也从来没有间断过。不过奇怪的是，在他即将返航的那个星期内，我们都没有接到他的任何信件。”她停顿了一下，然后抬起头询问维特，“你父亲写给你的最后一封信是什么时候？”

维特不假思索地回答：“二〇一〇年一月五日，要返航的前两天。”因为，那封信他早已读过上百遍，就连内容也都背得滚瓜烂熟了。

布瑶接着说：“我们从二〇一〇年一月一日起，一直到一月七日伊菲克勒斯号返航当天，都没有接到我爸的电子邮件，就连最重要的‘新年快乐’之类的祝福话语也没有。我妈曾经打电话到休斯顿询问，指令通信人员只是应付了事地说‘三位组员应该是返航前夕比较忙碌，才疏忽了与家人的通信’。”她抬起头望着维特，“你觉得有可能吗？就算他忙得没有时间写信，空间站上也不是没有网络电话，怎么可能连一通新年祝贺的电话都没有？而且，你那段时间还不是照样收到令尊的邮件。”

“所以，豪威尔博士在返航前的最后一周就已经与你们完全失联了？”

“另外，我一直以为在他们返航时，媒体只发过文字新闻稿，并没有刊登返航的照片，至少美国的报纸杂志上没有。可是，我前几年在网上搜索时，无意中发现了这张瑞典报社的新闻照片存档，上面还标明照片来源为欧洲航天局。”

布瑶从手边的数据袋里翻出一张打印的图递给他。照片下方简单介绍了伊菲克勒斯号的返航日期、三位航天员的国籍和姓名。画面中则是穿着太空服的伊果和雅各布，他们背对着镜头正准备爬进宇宙飞船的对接舱，两个人都回过头朝着相机竖起了大拇指，只不过脸上没有任何兴奋的笑容。

“上面没有豪威尔博士？”维特问。

布瑶点了点头：“我第一眼看到这张照片时，只认为也许是对接舱太小了，我爸可能是排在伊果和雅各布的后面，抑或是他早已先爬进宇宙飞船内，才没有机会入镜。但是我也可以合理地怀疑，他根本就不在镜头之外，不是吗？”

维特仔细观察着那张照片，谨慎地说：“以我对阿尔戈功能舱后方对接舱的了解，那里根本无法容纳四位组员，别说是三位航天员与一位拍摄者，就连两位组员都稍嫌挤了些。因此，豪威尔博士不太可能是站在他们后方的镜头外。”

他指着照片的某一处疑惑地说：“还有，你看到背景对接口上那两扇像锅盖似的圆形舱门了吗？它们其实是宇宙飞船最顶端的尖圆的顶点，一个是内层的对接核，另一个则是顶罩。”维特顺手在纸巾上画了个潦草的示意图，接着说：“俄罗斯的宇宙飞船都是以这个尖顶与空间站的对接舱结合。在对接完成之后，组员们打开宇宙飞船的对接核和顶罩，才能一个个爬进环球空间站。不过，你有没有发现什么地方不对劲？”

布瑶接过那张打印的图，目光停留在背景的对接口几秒后说道：“那个像锅盖般尖圆的顶罩是敞着的！可是你说的那扇对接核的门却是紧闭着？你的意思是……如果我爸是第一个爬进宇宙飞船的人，那扇对接核的门应该是敞开着，不可能是关上的？”

“没错！而且环球空间站上的组员有资历深浅之别，我父亲是第十五梯队的资深航天员，也曾担任过两个月的轮值指挥官，更是那艘俄罗斯宇宙飞船的主要操控者。而豪威尔博士与雅各布则是第十七梯队的美籍组员，你认为谁应该会是那个领头进入宇宙飞船的人？”

“操作宇宙飞船的人……你父亲……伊果！”布瑶顿时恍然大悟。

维特点了点头：“也就是说这张照片拍摄的时间点，是在所有航天员都尚未爬进宇宙飞船之前拍的！”

“难不成……我爸除了与我们失联一个星期之外，就连有没有登上伊菲克勒斯号也都是个问号？”布瑶问。

“这只是推断而已。”

维特沉默了半晌，凝视着照片中的伊果良久，带着怀疑的语气说道：“我非常了解父亲的性格，他盼了好久才盼到重返地球的这一天，绝对不可能会如此面无表情地面对镜头，看起来甚至有些心事重重的样子。只不过照片里的组员们都已经遇难了，当时目睹你父亲是否登上宇宙飞船的人，或许就只剩下拍摄这张照片的组员了。”

“你觉得会是谁呢？”

“假如这是由欧洲航天局提供给媒体的照片，那么只可能是他们所属的航天员拍摄与上传至该航天局。当时在环球空间站的欧洲组员，只有……”

“瑞典籍的阿尼·勘斯瓦！”他们俩不约而同地脱口而出。

布瑶除了聊到布莱恩在空间站时与家人的互动关系之外，也提到一些视频通话和往来邮件的大致内容。

“你的计算机里还存着豪威尔博士的邮件吗？”维特问。

她叹了一口气：“这七年来我已经换过好几台笔记本电脑，刚开始还会小心翼翼地将那些信件备份到新计算机上，可是自从其中一台计算机中病毒之后，硬盘里的那些信件全都不翼而飞，我当时还难过了好一阵子……”

“难道你都没有备份到外接式硬盘或打印出来吗？”

布瑶皱了皱眉头，摇摇头说：“不过，我当时都将读完信件后的一些随想写到日记里……或许我回去将那些日记挖出来读一读，搞不好可以想起某些信件的内容。”

“你写日记？这年头有书写习惯的年轻人不多了，更别说是写日记。你还挺与众不同的！”

她笑了出来：“没什么，我是个文字控，而且那时候只是个十多岁的小女孩，很喜欢用书写来抒发心中的情绪。反正就是觉得键盘打出来的字，怎么看都不太像是我的心情写照，才会手写了许多年的日记。”

“我方便读那些日记吗？我是说如果……现在就到你家……”维特可能也觉得自己的要求有些突兀，说话变得支支吾吾的。

布瑶愣了一下，睁着圆圆的蓝眼睛考虑了好久，才勉强地回答：“小时候的日记本应该还留在我妈车库的储物间里，不过她还住在城外的贝灵厄姆老家。”

维特不经意间露出了失望的表情，低下头搅着咖啡杯里的扁木棒。

“不然这样好了，我明天下课后跑一趟贝灵厄姆，晚上回西雅图后就将与我爸有关的那些日记整理出来。我们后天四点钟再来这里碰面，好吗？”

“那太好了！不过还真是麻烦你……特地为我跑一趟。”

“别这么说，来回不过三小时车程而已，我每个星期也是那样回去探望我妈，已经习惯了。”

他们的会面大概持续了两个多小时，维特除了询问关于布莱恩的事情之外，也告诉了布瑶关于伊果的加密邮件、如天使般发光的外星人和俄罗斯礼炮七号发生过的奇异现象。布瑶听得兴致盎然，却不记得布莱恩曾经跟她提过这类事件。

当维特将父亲留下的片段拼凑在一起时，布瑶也开始怀疑布莱恩是否曾留下了什么信息，只因为她对父亲死亡的抗拒，蒙蔽了对那些线索的感知能力。

事实上，当布瑶结束了与维特的会面后，就已经决定要直接驱车返回贝灵厄姆老家，并且在母亲的储物间里翻出了二〇〇九年到二〇一〇年的几本日记。她甚至没和母亲聊上几句，就匆匆道别赶回西雅图的寓所。

因为和维特的对话的确勾起她心中的许多疑问，譬如她从未怀疑过布莱恩临终前与家人失联一个星期是不是发生了什么事，他的失联是否又和后来的爆炸事故有关，如今在维特的牵引下，她才开始不断回想、检视那些不曾留意到的蛛丝马迹。

对布瑶来说，十八岁是她人生中的一个断层。曾经拥有的一切全被布莱恩遇难的噩耗摧毁得荡然无存。布莱恩来不及参加她的高中毕业典礼，没有机会见到她为毕业舞会穿上小礼服的模样，更无缘与她一起庆祝成功申请华盛顿大学时的喜悦。那些日子曾是她生命中最灰暗的时光。

当她重读二〇一〇年一月八日之后的那些日记，那种痛不欲生的沉重感再次浮上心头。她缓缓往前翻，刻意跳过了一月一日到一月七日的那几篇，那是她不满布莱恩好几天没回电子邮件而闹脾气写的一些抱怨，如今读起来是那么的幼稚与无知。

她好不容易翻到二〇〇九年下半年，也就是布莱恩登上环球空间站后的那段时期，仔细读着自己写过的每一篇日记，企图从字里行间回想起布莱恩当天写给她的邮件内容。

布莱恩有时提醒她要和母亲和平相处，不要处处与她针锋相对；有时叮咛她注意每所大学的申请截止日期，不能漏掉某些申请程序；有时聊到他在空间站上的一些新奇体验，以及其他几位组员的趣事。

头几个月的来信中，大多是充满好奇与兴奋的生活点滴，可是最后一个月心情急转直下，偶尔还会出现一些思乡、感伤或负面的话语。当布瑶收到这类电子邮件时，就会担心布莱恩的情绪状况。

母亲告诉她，约翰逊航天中心的地勤医师提过，通常在空间站上停留超过三个月的组员，因为长期处于狭窄的封闭空间里，后期的确会出现一些轻微的抑郁倾向。不过，她现在怀疑那些所谓的情绪低落到底真的只是航天员的抑郁症，还是布莱恩在空间站上受到什么压力或排挤而产生的不愉快？

布瑶翻到十二月上旬的一篇日记，目光顿时停留在那一页略显空白的页面上，因为上面并没有她惯有的密密麻麻的字迹，只有几句简短的诗。她轻声念着那首似曾相识的诗，还不禁重复念了三四次：

颤音

天之子，
地之童，
来自同母体的双子，
重聚于七重天之下。

天之子，
垂睫，
凝望着远方的子民。

地之童，
回首，
顾盼于毁灭的低吟。

在恶魔左手之关节，
希望的星芒将显现。

她霎时觉得有些思绪仿佛从脑海底层再次浮起，当初那些断肠欲绝时极度想忘却的记忆片段，随着日记里熟悉的文字又慢慢回来了。

她想起来那是布莱恩写的一首诗，她之前并不知道父亲有如此古典的爱好，抑或是空间站上乏味的生活让他有了写诗的闲情逸致？不过当年才十八岁的她，读到布莱恩在邮件里竟然写了这样一首诗时，差一点大笑了出来，甚至还有点不以为然。

毕竟那些黑暗压抑的诗句，与她所熟悉的阳光型父亲完全无法联想在一起。布瑶当时只觉得他可能真的是闷慌了，才会写出那些强说愁的字句。

她之所以会将这首诗誊抄到日记本上，是因为布莱恩在那封邮件的文末提到，她现在年纪还小，或许无法了解这首诗的含义，但是希望她能够记在脑海里，有一天将会有人看得懂。

布瑶还以为布莱恩所指的是诗里蕴含着成人世界的大道理，要等到她长大之后才能体会到个中的境界。因此读完信之后，顺手将它抄在日记本里，连背诵都懒得去背，就翻到了下一页继续书写着自己的随想。

许多年后的今天，她念了多遍这首诗，却依然无法了解其中的真正意义。她突然想到维特，如果有一天将会有人看得懂，那么会是他吗？她顺手将一张黄色便条纸贴在那一页的上方，打算后天和维特见面时问问他，搞不好以他敏锐的观察力可以发现什么线索。

不过，当布瑶带着日记本再度回到派克市场的星巴克时，维特并没有依约前来。她坐在那个靠窗的座位，凝视着大街上的车来人往，却始终没有等到维特的到来。

两个小时之后，她才若有所失地离开了咖啡厅。

在之后的日子里，布瑶没有再接到维特的任何消息，她发了两封电子邮件给他，不过都石沉大海。她也试过回拨维特的来电号码，才发现那是公用电话。

她突然意识到，也许整件事情并没有那么简单，她虽然与维特只有一面之缘，却还是担心他目前的安危。最重要的是，她心中那些被维特牵引出来的疑惑与谜团，到底又能向谁透露呢？

第二章

UTC 协调世界时，二〇一八年三月十二日。

美国得克萨斯州，休斯顿市。

星野天彦才刚步入乔治·布什洲际机场的入境大厅，就看到远处有人举着一块白色的牌子，上面用英文写着日本宇宙航空研究开发机构的缩写“JAXA”和他姓氏的罗马字“Hoshino”。他朝那个方向挥了挥手之后，就推着行李车走了过去。

“星野先生你好，欢迎回到得克萨斯州！我们是约翰逊航天中心的人员，负责接送你入住临时居所，以及安排下星期一的报到事宜……”

迎接他的是一位穿着黑色套装的金发女子，后面还跟着一位身着蓝色 Polo 制服的年轻男子。女子确认了星野的身份之后，便差遣男子接手他的行李车，然后礼貌地领着他走出机场，搭上一辆印着约翰逊航天中心标志的休旅车。

还好这里并没有在羽田机场时的那般混乱，他还是头一遭被数十名报纸杂志的记者团团包围，采访的话题全都围绕着即将到来的航天任务。他和随行送机的家人及JAXA的官员们只能配合着记者亦步亦趋，在停停走走之间回答了各种问题。

他知道父母都以他为荣，因为他是继一九九二年日本航天第一人毛利卫之后，第十三位被美国国家航空航天局选中的日籍航天员，将远赴环球空间站参与第二阶段的主架与桁架工程，以及协助第四座节点舱的对接任务。

星野看着车窗外熟悉的街景，脸上不禁露出了一抹微笑。这并不是他第一次来到休斯顿，过往两年的航天员训练期间，他和同期的航天员候选人分别在日本的筑波宇宙中心、美国的约翰逊航天中心、俄罗斯星城的加加林航天员训练中心接受过各种严格的任务训练。

他从九州大学取得航空工程学士和应用机械硕士学位后十多年，一直在民营航空公司担任飞机结构技术指导。当初只是抱着不试白不试的心态投递了JAXA航天员候选人的申请书，却意外通过了重重面试与选拔，正式参与了候选人的训练计划。

这两年来，除了修读那些航天、科学或机械的理论课程之外，他们还要适应如何在微重力的加压空间内完成各项实验和研究任务。日籍航天员还需要学习如何操作空间站上那座日本制的机械手臂，以及在中性浮力的水池里模拟空间站外无重力的状态，进行日本朝永实验舱[①] 的维护与修缮任务。

在日本、美国与俄罗斯三地的密集训练后，他总算以优异的表

①朝永实验舱，作者虚构的实验舱之一，以日本物理学家、诺贝尔物理学奖得主朝永振一郎命名。

现成绩被遴选为美方的航天员候选人，更幸运地晋升为二〇一八年第三十六梯队航天任务的组员。

他的人生就这样被推向了崭新的一章。

这一次重回约翰逊航天中心的主要原因，就是要在远赴俄罗斯与哈萨克斯坦的拜科努尔航天发射场之前，先与同梯队的女航天员贝拉蜜·罗宾森进行行前的各项团队任务演练和组员之间的默契培养。不过此次的航天任务除了他们之外，还有一位同行的太空游客，将会在环球空间站上停留十天左右。

星野对贝拉蜜并不陌生，毕竟他在作为候选人被派到休斯顿和莫斯科接受外训期间，就认识了那位带点儿拉美混血长相的棕发女子。贝拉蜜虽然已届轻熟女的年纪，不过娇小的体形与甜美的样貌看起来顶多只有二十出头，完全无法想象她是位在加州理工学院任职的教授，甚至是个整天钻研微波、激光、高能粒子束或电磁动能的物理学家。

至于那位太空游客，星野则尚未谋面。根据俄罗斯方面传来的新闻译稿，他叫阿哈努·索西，三十五岁，是来自加拿大西岸的舒斯瓦普族原住民，也是Ogopogo电玩游戏公司的首席执行官。电子媒体昵称他为“微笑药师”，只因为他在该族所传承的位阶是药师，而且出现在媒体时总是笑盈盈的，令人猜不透他敏锐的心思。

阿哈努大学毕业后，没有继承族人赖以生存的观光赌场家业，而是与大学时期的好友在温哥华成立了一家小小的软件开发工作室，意外地在短短十年间以多款受欢迎的游戏程序扬名国际，如今已跃居加国的年轻富豪榜前列。

听说这位年轻的加拿大富商斥资三千多万美元，顺利通过俄罗斯联邦航天局的健检认可后，已经在星城接受过为期八个月的业余航天员训练，即将成为航天史上第九位花大钱上太空的富豪观光客。

他们三人会合之后，将一同出发前往莫斯科，进驻加加林航天员训练中心一段时间，直至珀耳修斯号宇宙飞船发射的那一天。

星野在抵达休斯顿的第四天，调整完时差与体能之后，就重回约翰逊航天中心报到，也与同梯队的贝拉蜜会合，展开了航天局安排的一连串验收与行前会议。他也在中性浮力水池内，最后几次模拟无重力状态搭建主架与桁架的步骤，还反复演练以机械手臂完成第四座节点舱的对接任务。

因为再下一次，就是在遥远的环球空间站上真枪实弹地完成任务了。

那天午后，星野和贝拉蜜刚结束与俄罗斯星城的视频会议，正从 4-S 楼的宇航办公室走出来，准备到太空中心的主餐厅去吃午饭。贝拉蜜听到星野随口提到那位太空游客时，脸上露出一副狐疑的表情。

“微笑药师？他是药剂师或是药厂的大老板吗？”

“不是那种药师啦，应该是原住民的一种阶级尊称，就像酋长或祭师那样吧。”

“那么特别？我的脑海中突然闪过一位身穿印第安传统服装、头戴鹰羽头饰的神秘男子，双手叉腰站在空间站舱房内仰天长……笑的画面哦！”

星野扑哧笑了出来：“不会吧？珀耳修斯号就那么丁点儿大，哪能让他带那些华丽的行头上太空？”

“说得也是，我这样形容印第安人好像也太刻板印象了。”

“印第安人？这年头哪还能用这个词！应该称他们为北美原住民哦！”

他们对那位素未谋面的舒斯瓦普族男子充满了好奇，毕竟一位原住民部落的药师从事最潮的电玩产业，而且年纪轻轻就成了加拿大的顶级富豪，光是这矛盾综合体的冲突就让他们对这位太空游客有了些期待。

正当他们准备走进三号楼的餐厅时，身旁突然驶来一辆园区内专用的电动车。一位身穿蓝色 Polo 制服的工作人员朝他们喊着：“星野先生！罗宾森教授！ FCR1 的卡林上校请你们到十七号楼走一趟，劳驾两位上车。”

他们俩愣了一下，还是跳上了电动车后座。

“十七号楼是哪个部门呀？”贝拉蜜压低了声音问星野。

“我也不知道，不过汤玛士不是在 30-M 楼[1] 的任务控制总部吗？”

汤玛士 · 卡林是任务控制总部 FCR1 控制室的指挥官。那个控制室也就是环球空间站专属的地面联络中心，由多位指令通信员每天二十四小时轮班，负责派送任务给航天员和接收、汇报与协助组员解决空间站上的各种状况。

这次星野与贝拉蜜的许多仿真任务都曾和这位卡林上校的部门合作过，因此对他不算太陌生。

只不过当他们抵达目的地时，两个人都犹豫了一下。

---

①克里斯托弗 · 卡夫任务控制总部（Christopher C. Kraft Mission Operations Control Center）所在。

十七号楼门口竟然写着“太空食品系统实验室”。刚才的蓝衣工作人员领着他们走过原料分析实验室、食品加工实验室、太空包装实验室后，才穿进一扇贴着“测试厨房”牌子的门。

偌大的厨房里有一位厨师装扮的中年男子和一位戴着口罩、身着实验室白袍的女子，看起来像是正在研究料理台中央的几道菜色。另一面墙的窗边则有一位身材高挑的男子，正背对着他们欣赏着窗外的景色，剪裁合身的窄版西装背影看起来活脱脱一个从时尚杂志里走出来的模特。

“哟，你们总算来了！”

男子转过身来，顺势将手中的食物送进嘴里，还不经意地将有点油腻的手指在身上的名牌西装上抹了一下，感觉是个挺随便的人。在背光的情况下，他们几乎看不清楚他的长相，不过可以确定他并不是卡林上校。

“不是说 FCR1 的人要见我们吗？”贝拉蜜的眉头稍稍皱了一下。

“不是的，不是的……是我请他们帮忙找来两位而已。”那位男子走到厨房中央的料理台，顺手将手中的小盘子摆了下来。

此时，星野和贝拉蜜才看清楚他的样貌。

男子稍显凌乱的黑色短发下，是一张略带古铜色的长脸，浓浓的压眉衬着一双浅棕色的眼眸，男性化的薄唇阔嘴却露出一种小男孩般的笑容。也许是他眼窝的卧蚕比较深，让人觉得就连他的双眼都带着点笑意。

他有点随性地搔了搔后颈，才接着道：“我叫阿哈努·索西，就是这次要跟着你们登上环球空间站的‘闲杂人等’，此行还恳请两位多多关照呀！”

“你是……微笑药师！”星野睁大了眼睛，不小心脱口而出。

那位男子大笑了出来，露出两排白亮的牙齿：“你连这个绰号都知道呀？真尴尬！不过你们要是嫌我的名字难发音，叫我Smirk、药师或微笑药师都可以啦！”

贝拉蜜和星野迅速上前，热切地和他握了握手，不经意瞥见他右手虎口处有一小片黑色与红色的图案，或许是手腕或手臂上延伸下来的刺青一角，看起来应该是原住民的图腾。

“你们还没吃过午餐吧？哎，这就是我找你们来的目的！”

阿哈努朝着厨师扬了扬下巴，就领着他们走向窗边的一张临时餐桌旁坐了下来。没过多久，厨师就端来一道道餐点，不过却是装在空间站的那种蓝色食物托盘里。盘内右下角还有一片磁铁吸附着金属的餐具和剪刀，四五包航天员的真空食物包底部也用魔术贴固定在托盘上。

星野看见那只托盘时差一点傻眼，因为那就是他们训练期间常吃的太空餐。他本来还以为这位年轻的富商要招待什么美食呢！

阿哈努双手抱胸直挺挺地坐着，脸上依然是笑容满面，仿佛正在观察他们俩的反应。“好啦好啦，看看两位失望的表情，这些可不是你们想象中的那种太空餐哦！而是我花了两个多月的时间，委托好几位美食专家、米其林三星级大厨和太空中心的这间实验室合作，为我个人精心设计的太空菜单！”

星野的眼睛突然一亮，一边读着每个真空包上的标签，一边用剪刀逐一开封：“哇，这包是鹅肝白松露冻、鲟子酱焗马铃薯，还有奶油炒皇帝蟹和枫糖切努克鲑鱼……”

“这些只是菜单上的一小部分，到时运到空间站上的可不止如此呢！”

“有钱人真好……”星野喃喃自语，早已开始大啖着一片枫糖鲑鱼。

贝拉蜜倒是还算淡定，还有些不以为意地说：“这太奢华了吧。难道你平常都是吃这种食物？胆固醇也太高了吧。”

阿哈努扬了扬眉毛，歪了一下嘴角：“其实，我从小就在北方寒冷的原住民保留区长大，在那种鸟不生蛋的环境中，实在没有太多的天然资源。冬天能狩猎到的就是麋鹿，夏天则是捕猎鲑鱼的季节，因此我们的主食通常就是烤麋鹿肉或烟熏鲑鱼。”

“麋鹿肉也可以吃？”星野睁大了眼睛。

“当然，不过舒斯瓦普族人的饮食习惯偏清淡，顶多是在肉上抹些盐或枫糖，很难满足我对食物的口欲，如今既然有能力尝遍各种美食，我当然就不会错失良机。毕竟我这个人天生就有非常敏感的味觉和嗅觉。”

贝拉蜜歪着头想了想：“敏感的味觉和嗅觉，难道不是成为药师的必要条件吗？”

“是，也不是！这年头，药师这种古老的职务在原住民保留区里早已形同虚设，尤其是西方的宗教传入部落之后，早已破坏了许多北美原住民传统的信仰与语言，哪还会有人相信什么草药、灵疗或占卜？教堂与医院早已取代了上个世纪神圣的药师，成为他们心灵与疾病的避风港。”

“那么……你又怎么会成为一位药师？我是说，如果人们已经不再需要你们了。”

“我祖母曾经是舒斯瓦普族的老药师，我是她一手带大的，因此耳濡目染地学到许多印第安传统的药学和天象。她还曾经将我送到不同的部落，跟其他族裔的药师学习灵疗、祭礼或占卜……她或许也觉得我拥有超强的味觉与嗅觉，能够成为一位悬壶济世的药师，所以临终之前就将这个有名无实的位阶传承给我。”阿哈努停了几秒，突然又自嘲地笑了出来，“结果，我却离开了部落到城里上大学，最后还成了科技产业的药师！”

星野尝了一口鲟子酱焗马铃薯，露出了满意的笑容，随口问道：“超强的味觉和嗅觉？你是指像狗鼻子那样，可以闻到远处的气息吗？”

“不是那种嗅觉，这……我该怎么形容呢？反正你们也不会相信啦。”

贝拉蜜不假思索地扬起了下颔：“Try Me！”

阿哈努鼓了一下腮帮子，眼珠子转了一圈：“这么说吧，我闻得出一个人的情绪或性格，一个物体所散发的意念，甚至是一起事件所释放出的氛围！也就是说大多数的人和事物对我来说，都有其独特的气味。”

星野和贝拉蜜顿时停下手边的动作，不约而同地互看了几秒。

“我就说你们不会相信吧！”

贝拉蜜的汤匙还停留在下巴旁，马上点了点头又摇了摇头，示意他继续讲下去。

“星野，你散发的是一种沸水煮芋头的味道，闻起来浓郁却带着点男性体液的性暗示气味。以我的经验，有这种气息的男子大多未婚，甚至经历过几次暗恋或没有结果的感情。这类男子过于充沛的精力无处发泄，通常会全神贯注于更宏大的目标与未来，成为不愿再去触碰男女之情的独身主义者。”

星野被他那么一说，结结巴巴完全不知道该如何反驳，因为阿哈努所言几乎字字属实！不过，他那些在大学时代和民航公司任职时期的暗恋或感情挫折，既不曾让任何人知道，也没有八卦媒体报道过，那么这位来自舒斯瓦普族的年轻药师又是从何而知呢？

“贝拉蜜，你身上有着两种味道，而且这两种气味随着你的思绪一直在变换，甚至有一种互不相让的冲突感。第一种是类似苹果肉桂的香味，对我来说那是代表家庭与节庆的气息，你是个非常渴望家庭的传统女子，但是你想要的那个家庭目前却遥不可及……”阿哈努将头探到她耳边，压低了声音说，“你最近爱上的……是不是别人的丈夫？”

“药师，你不要开玩笑了，哪有那回事……”贝拉蜜的表情出奇冷静，但是她的心脏却像蹦上了咽喉，话就那么卡在喉咙里说不出口。

“另一种则是炭火焚烧乳香与没药时的味道，感觉上还带着点宗教仪式的气息，很明显那是一种怀念与追思的香味，而且有些许死亡的伤感。我猜想，你心中一直无法放下某位已经过世的亲人吧？”

贝拉蜜原本镇定的眼神忽然迷蒙了起来，然后不禁缓缓点了点头。

她怎么可能忘得了那个怀胎九月生下的儿子？那个她未婚生产并一手拉扯大的八岁男孩。在那个风雨交加的夜晚，他骑着脚踏车偷偷溜出了保姆的住所，只为了想见到终日埋首于实验室里的母亲，却在路上被一辆酒驾超速的飞车撞亡。

她这辈子怎么可能放得下？又怎么可能会原谅自己？在追思仪式中，当神父甩着镀金的圆球提炉[1]，在他小小的棺木旁不断用乳香与没药行奉香礼时，她的整颗心都碎了，那些锋利的碎片至今仍在她胸口里不断地刺着，隐隐作痛。

贝拉蜜回过神来，深呼吸了一口气："你说得都没有错，我现在相信你的能力了！但是，可不可以不要再闻下去了？这种赤裸裸的感觉并不是很好。"她很勉强地挤出了一个笑容，毕竟打一开始就是她自己挑起这个话题的。

"我也希望自己嗅不到那些千奇百怪的气息，但是就算我戴上多么高科技的口罩，许多莫名的味道还是挥之不去。我想那些气味应该是来自我的大脑，而不是真的存在于这个空间里。"阿哈努缓缓倾过身，将脸凑到他们旁边，然后轻声地说，"就像我也不想闻到刚刚那位穿实验室白袍的女子，她身上有一股浓浓的腐臭鱼腥味，那种气味通常暗示着……纵欲过度！"

他们俩瞠着眼珠子，用手捂住嘴巴好一阵子，不过还是憋不住笑了出来。

星野不经意盯着阿哈努略为鹰钩的鼻子，好奇地追问："所以，你就是运用这种特殊的能力嗅到了电玩应用程序市场的未来商机，才会成为日进斗金的亿万富翁？"

阿哈努俏皮地挤了下右眼，露出那种惯有的孩子般的笑容："没

①在某些天主教派的仪式中奉香时所使用的镀金圆球容器，表示对造物主崇敬的心意。

那么神奇啦！我的嗅觉就算能嗅出业界的动向，也无法遥控消费者们掏出钞票给我呀！”他指了指自己的脑袋，“最重要的，还是要靠这里！”

贝拉蜜和星野本来只觉得这位药师的头衔与经历很传奇，整个人也带着一种严重的冲突感，却没想到他竟然还是个可以靠嗅觉或味觉洞悉人性的怪人。

他们虽然对这位年轻的药师另眼相看，可是自此之后每每站在他身旁，总是会不由自主地双手抱胸，夹紧腋下……生怕再被他嗅出什么奇怪的气味。

第三章

UTC协调世界时，二〇一七年九月七日。

美国纽约州，纽约市时代华纳中心五楼。

偌大的综合厅院会场内，各色人种的来宾坐满了弧形的观众席。舞台上有一对男女端坐在两张红色沙发里，悠闲地天南地北地聊着。

舞台的背景是挑高三层楼的落地玻璃帷幕，从那里望出去刚好可以看到哥伦布圆环，克里斯托弗·哥伦布的雕像正英姿焕发地伫立在高高的圆柱上，后方则是中央公园的西侧入口。

综合厅院的天花板上还悬吊着两幅图文并茂的长条帆布海报，上面用巨大的字印着“我在大气层的日子”，海报上是一位穿着橙色太空服的英挺男子，照片旁边则有一行副标题写着“前航天员阿尼·勘斯瓦新书发布会”。

这是阿尼继两天前于洛杉矶的发布会后在美国的第二场公开露面。其实他的这本著作并不算是新书，去年中旬就已经在欧洲出版了法文版、德文版与瑞典语版，自从登上了欧洲畅销书自传类排行榜后，美国书商才取得版权发行英文版。

阿尼目前除了是瑞典皇家理工学院的教授外，这两年也开始将自己被甄选进入欧洲航天局的心路历程和在环球空间站上半年多的生活经验写成了这本名为《我在大气层的日子》的著作。

女主持人捧着那本厚重的书，依照会前讨论过的讲稿继续向阿尼提问："许多读者肯定都对你在环球空间站上的生活非常好奇！勘斯瓦教授可不可以告诉我们，航天员们在那座飘浮的空间站上，每天到底都有哪些工作项目？"

阿尼咳了一声清了清嗓子，才用他那种将每个字的重音都放在字尾的瑞典腔英语说："我们在空间站上采用的是UTC协调世界时，早晨大约六点起床，通常一直活动到晚上九点半左右才会回自己的寝层休息。每天起床后就从洗漱、吃早点、检查邮件、浏览当日的工作指令……开始，然后和任务控制总部的指令通信员开早会。"

他停顿了一下，好像在脑中过滤哪些话题可以提出来侃侃而谈。

"那几个任务控制总部包括来自美方的休斯顿与亨茨维尔、俄方的莫斯科，以及每位组员所属的不同航天机构。所有相关的指令通信部门每日都会派送新指令，或者与我们合作完成某些任务。大多数的组员会将那些指令打印出来，因为那就是每个人当日的待办工作进度。"

"原来航天员的生活这么规律，听起来和军事生活差不多嘛！"女主持人说道。

“当然，有时候执行某些特殊的任务时也需要日夜颠倒，譬如交班的俄罗斯宇宙飞船登站前后，或是日本的无人货运飞船抵达时，我们都需要协助对接任务，以及将器材与补给物品搬运至空间站。其实，在那种封闭的加压空间待久了，有时还是会觉得枯燥乏味……”

新书发布会持续了一个多小时，阿尼也应主持人的要求朗读了书中的几个章节，最后也不可免俗有作者签书的活动。阿尼坐在出版社为他准备的长桌前，为排队的现场读者一一签名，与他们寒暄，其间也接受了几位报刊记者的拍摄和采访。

在签书活动进行时，他内心不时浮起一种奇妙的感觉，仿佛在人群中一直有一双眼睛狠狠地盯着他。每当他低下头为每一本书的内页签名时，眼睛的余光总觉得人潮拥挤的队伍里好像有一张熟悉的面孔掺杂其中。可是当他抬起头环视现场时，又没有发现任何熟识的人。

新书发布会与签名活动结束时，已经是下午六点多了。他与出版社的几位主管、责编及翻译就在时代华纳中心四楼的法国餐厅 Per Se 用餐。那场有点拘谨的饭局结束后，一行人将他送回下榻酒店时，已经快晚上十点了。

他回到那间一室两厅的行政套房后，马上将穿戴了一整天的领带和外套往沙发上一丢，然后从小吧台里倒了半杯威士忌。当他正准备打开电视、倒卧在沙发里时，却突然发现黑暗的角落里好像有人影。

“是谁?！”他的心脏揪了一下，马上往门的方向退了几步。

那个人静止般地坐在远处角落的书桌前，没多久转亮书桌上那盏维多利亚风格的台灯，然后缓缓起身从阴影里走了出来。

阿尼看清楚他的长相后，脸上顿时露出惊讶的表情，嗓音还有些沙哑地喃喃道："伊果……这怎么可能？"几秒之后他才回过神，"不……你是伊果的儿子……维特·托夫斯基！你怎么可以随便潜进别人的房间！"他的语气从刚才的惊恐转为愤怒，还马上转身走到电话旁准备拨打内线到前台，却发现听筒里根本没有声音。

维特顺势拎起了书桌上那两条被拆下来的电话线，在手中扬了两下，低声地说："我和我父亲一样都是学机械的，你认为那种卡片锁能难得倒我吗？要怪只能怪这家五星级酒店的安保系统太差劲了。"

"你到底想要干吗？我和你根本……素未谋面！"阿尼刻意移开了脸不去正视他。因为当他看到眼前的维特时，还是会联想起在伊菲克勒斯号里惨死的伊果，他们父子俩的确长得太像了。

维特纹风不动地站在那里，然后才叹了一口气，语调缓和地说："这几年，我写过那么多封电子邮件给你，你却一直不当一回事，而你唯一回复的那封信里，完全回避了我之前所有的提问。我想你可能是担心信件会被哪个单位监看，所以干脆就亲自找上门和你面对面谈一谈。"

这四个月以来，维特在美国过着隐姓埋名的流亡生活，现在的他看起来面容憔悴，原本利落的短发如今也快盖到双耳，消瘦的脸颊上更多了些刮不净的胡茬儿。

"我不懂你在说什么！我回避了什么问题？你信中提到，我在环球空间站时是否目睹过什么诡异的事件，既然根本就没有发生过，我为什么需要说什么呢？"阿尼有点恼羞成怒。

维特从他书桌上的一摞新书中抽出了一本，然后翻到了其中的某一章：“你书中写到，‘在环球空间站的那六个多月，我们经历了许多奇特的体验，也遇到过一些无法解释的现象，有些事情我至今依然想不通……’你所指的无法解释的现象是什么？为什么后面又只字未提？你们这几位幸存的组员到底在隐瞒什么？难道那些事情和三位罹难组员没有关系吗？”

阿尼的眼睛顿时睁得老大，握在手中的威士忌酒杯也因为颤抖而发出了冰块碰撞的细微声响：“没关系……和你父亲的死完全没有关系！”

“你已经卸任欧洲航天局的职务了，还有什么事情不能说？阿姆斯特朗和艾德林都说出当年阿波罗十一号登陆月球时，见到一些发光物体的奇异景象。那么，你又为什么需要帮欧洲航天局隐瞒些什么呢？”

“你在胡说些什么，那跟欧洲航天局扯不上边！”

“那么……是俄罗斯联邦航天局？”

阿尼面无表情，并没有搭理他的问话。

维特这才压低声音，一个字一个字地念道：“所以是美、国、国、家、航、空、航、天、局？”

只见阿尼一口饮尽杯中的威士忌，然后转过身到小吧台里又倒了半杯。

“果然是和美方有关系！”

“我什么都没有说，随你自己怎么去猜！”阿尼几乎是喊了出来。

维特等了好几秒，才将心中那个疑问说了出来：“你是不是也见过那些如天使般发光的外星人？”

只见阿尼眼神充满疑惑，回过头反问：“那是什么东西？听都没听过！”

“我从我父亲给我的最后一封电子邮件里解译出一段非常奇怪的文字。我怀疑在礼炮七号上发生过的那些事情或许也曾经出现在环球空间站，而且我父亲极有可能目睹到那些异象。”

“外星人？我不记得他跟我们提过那类的事情，我也从来没见过什么如天使般发光的外星人。”阿尼忽然停顿了一下，“发光？不过田原好像跟我提过和发光有关的事情！”

“和你同一梯队的田原孝介？”维特问。

“对，我们登上环球空间站一个月后，田原就开始抱怨偶尔会有耳鸣的情况，不过休斯顿的医疗小组通过远程诊疗却没有发现任何异状。他一直百思不解，有一次还非常肯定地告诉我，他听到的是某种类似低频的乐声，并不是什么耳鸣。”

“乐声？”

或许是因为喝了两杯威士忌，阿尼的情绪缓和了些。

“我和他还因此检查过站上的一些装置或仪器，确定是否是机械异常运转所发出的杂音,可是并没有发现任何异状。最奇怪的是，我压根儿没听过他所说的那种声音，后来还开玩笑地调侃，他听到的或许是古代迷惑海上船员的美人鱼歌声。”

维特眉头深锁，努力思索着：“他是在特定的区域才会听到，还是不一定？”

“如果我没记错，大部分应该是在空间站的西面吧。他还曾经提过，有一次除了有低频的乐声，还看到一些奇怪的光线快速闪过。”

“奇怪的乐声和光线？这就是你书中提到的无法解释的现象？”

阿尼点了点头，然后又倒了第三杯威士忌：“我还说服田原，那应该只是微重力加压环境的适应问题，因为他的那种情况后来也没再发生过。”

“你还记得是什么时候停止的吗？”维特问。

“大概是……二〇一〇年初起就没听他抱怨了。”

维特趁他几杯黄汤下肚变得轻飘飘时，马上从夹克口袋里掏出一张折得皱巴巴的纸说：“那么，你是否看得懂这里面所隐藏的含义？”他将那张纸递给了阿尼。

“天之子，地之童……这是什么呀？”阿尼才读了两句就抬起头问。

“豪威尔博士在环球空间站时留给女儿的一首诗。我猜想这里面或许隐喻了什么，他才会要女儿牢牢记下。”

“什么？你连布莱恩的女儿都见过了？”阿尼斜眼看了他半秒，才又继续低头读着纸上的诗句。

其实，自从维特与布瑶在西雅图会面后，他就再也不敢与布瑶联络或见面了，他担心自己那次贸然脱逃的行动，会不小心将布瑶卷进一场无法预期的旋涡里。

那天他离开咖啡厅后，回到那辆租来的休旅车时，却意识到车子好像被人潜入过，因为他发现放在后车厢的几个背包被翻过。虽然他随行携带的物品一件也没有少，不过背包里的文件夹显然全都被翻看过，他甚至怀疑有些文件可能还被翻拍了。

维特才惊觉，难道他从一开始脱逃就已经被相关人员盯上了，并且还一路尾随他来到西雅图？如果他们早已锁定他的车号，那么肯定也知道他和谁见过面。这样他不就间接将布瑶牵连进自己的叛逃事件了吗？！

他只好一不做二不休，将那台休旅车遗弃在西雅图市区，从此换乘大众交通工具，更决定不能去赴两天后的那个约会。虽然他换了一个邮箱，也避免与布瑶再有任何邮件往来，不过在关闭旧邮箱前还是看到了布瑶的那两封邮件，尤其是那封夹带着布莱恩诗句的。

往后两个月，维特离开了华盛顿州搭上往东岸的火车，每天过着杯弓蛇影的日子，生怕自己的行迹再次败露。当他从网上得知阿尼将从瑞典飞到美国，在洛杉矶和纽约举办新书发布会时，他的内心再度燃起了希望。因为阿尼是当年空间站上还活着的三位关键人物之一，而且也是目睹布莱恩有没有搭上死亡宇宙飞船的目击者。

他肯定对那些谜团略知一二！

“在恶魔左手之关节，希望的星芒将显现……”阿尼重复念着那几段诗句，看着那张纸沉思了很久，然后才不耐烦地说，“你到底在追查什么？又凭什么认为我肯定知道些什么呢？”

维特眼神坚定地瞅着他：“你至少知道一部分！”

“你在说什么跟什么？”

“当然是伊菲克勒斯号的爆炸内幕！”

阿尼的表情突然僵住：“哪有什么内幕？当初调查的结果不就是弹道式重返大气层造成的意外？！”

“那么，豪威尔博士到底有没有与我父亲及雅各布一起登上伊菲克勒斯号？他的女儿说，在他返航前的一个星期就已经音信全无，当时到底发生了什么事情？”

“我无法告诉你什么，但是布莱恩的确登上了伊菲克勒斯号。”

维特丝毫没有放弃的念头，又继续追问：“我猜想你就是当时在对接舱内帮他们拍合照的人，但是那张照片上为什么也是独漏了豪威尔博士？他先是失联然后又没有登机的影像，换作任何人都会和我一样质疑吧？”

“我说他在上面就在上面！是我帮着他们一起将布莱恩搬进宇宙飞船的！”阿尼的话突然打住，原本缓和的对话气氛再度被打乱了。他马上转身走到房门前准备送客，口中还不断喃喃道：“请原谅我不能说……不能再说下去了！我与他们约定……不能说出来！至少现在……”

维特一脸无法置信的表情：“你和谁约定过？和谁约定过！”

阿尼对他的问话充耳不闻，只是将那张印着诗句的纸还给了维特，还盯着维特的眼睛慎重地说：“这首诗……如果你想知道谁是天之子与地之童，那么就去查查希腊神话中‘底比斯最美丽的女人’吧……我能说的就这么多了！”

他迅速地打开了房门，使劲将维特推出去后就砰一声将门关上，房内还隐约传来他用椅子抵住门把的声响。最后，只留下维特一个人满脸疑惑地杵在走廊上。

阿尼帮着他们一起将布莱恩搬上宇宙飞船？为什么是搬？难道布莱恩在返航前就已经死亡了？他们这些还活着的组员到底是和谁有约定？那些问号不断地盘旋在他的脑海中。

他回过身用力拍打着阿尼的房门，可是房内没有再发出任何声音。

维特离开阿尼下榻的酒店后，便回到位于布鲁克林的临时居所。

那晚，他本来还计划在网络上搜寻阿尼提到的底比斯最美丽的女人，看看能否从中理出什么头绪。不过他试着打了好几次关键词，却怎么也查不到相关的结果。因为，他根本就不知道那个希腊名称的正确拼法！

他有点失望地倒在床上，仰望着那间廉价公寓泛黄的天花板，上面布满了一块块大大小小的水渍。就像他脑中那些七零八落的线索，却怎么也凑不出拼图的任何一角。

他翻过身抓起床头柜上的一本横格纸，开始将这些日子收集到的片段列了出来，希望能够从中理出一些头绪——

(伊果) 最后一封邮件的密文里“如天使般发光的外星人”
(田原) 空间站西面的低频乐声与一闪而过的光线
(田原) 二〇一〇年起就再没有听到或看到那些现象
(布莱恩) 返航前一星期与家人失联
(布莱恩) 没有出现在登机前的合照中
(布莱恩) 寄给女儿一首诗要她牢记
(阿尼) 他与伊果及雅各布将布莱恩搬进伊菲克勒斯号
(阿尼) 提示欲解开诗谜，要先了解底比斯最美丽的女人田原见到的光线，是否和伊果提到的如天使般发光的外星人相同？布莱恩从二〇一〇年一月一日起与家人失联一个星期，田原也是从二〇一〇年初就再没听见乐声或看见闪过的光线，这个时间点是否有什么一致性？

假如布莱恩是病危或死亡了，被另外三位组员搬上了返航的宇宙飞船，那么为什么美国国家航空航天局在伊菲克勒斯号失事的前后，都没有向布莱恩的妻女通报？他们为什么要对家属隐瞒空间站组员的重症或伤亡？

难道与阿尼、田原和尤里有约定的“他们”会是美国国家航空航天局？可是那三位组员分属于欧洲航天局、日本宇宙航空研究开发机构和俄罗斯联邦航天局，又何必为美方隐瞒些什么呢？

维特本来是想将这些线索画成一张树状关系图，却怎么也无法推导出它们之间的起承转合或是可直接、间接相连接的共通点。他索性将那本横格纸丢在一旁，拉上了被单倒头大睡。

第二天早上，他跑了一趟布鲁克林公共图书馆，想直接向服务台的馆员求教。他脑中回想着昨晚阿尼的发音，有点吃力地复诵给柜台内的那位中年女子听。对方跟着他重复念了两次，仿佛是在听音辨字，手指还不断地在键盘上敲了好几下。

中年女子喃喃自语，试着将维特的发音变换语调及重音位置：“底比斯……最美丽的女人？底比斯的……咦？是底比斯的阿尔克墨涅吧！”她恍然大悟地喊了出来。

“没错没错！好像就是这样发音，可不可以顺便将拼法抄给我？”

那位热心的中年女子一边在便条纸上写着，一边说道：“你走楼梯上三楼后右转，就可以看到‘人文史地’区了，然后找到第四十八号走廊的‘西方哲学’，里面G和H的书架全都是有关希腊与罗马时期的书籍。应该有好几套希腊神话的图鉴或故事集，几乎每一本都有介绍底比斯最美丽的女人——阿尔克墨涅啦！”

维特接过纸条道了谢之后，马上冲向三楼找到了第四十八号的走廊，在那两排书架上的确排满了几十本关于古希腊神话的书籍。他顺手抽出来四五本，捧到旁边的公共长桌上一一翻看。没多久，他就找到了记载底比斯和阿尔克墨涅的章节：

> 底比斯位于希腊中部的皮奥夏地区，最早被称为马克西尼城。公元前三七一年，底比斯人打败了当时的统治霸主斯巴达，从此跃身为希腊最强大的城邦。它于公元前四世纪达到最巅峰时期，最后却被亚历山大大帝所毁灭。
>
> 阿尔克墨涅为底比斯国王安菲特律翁之妻。古希腊的诗人曾描述过，阿尔克墨涅不但是世界上最美丽的女人，她的智慧与聪颖也高于所有的凡人，还是个能为夫婿带来幸运与荣耀的女子。
>
> 底比斯国王在与阿尔克墨涅成婚之前，曾带领军队远征参与一连串的作战。当他带着征战胜利的荣耀，返回底比斯迎娶阿尔克墨涅的前一晚，天神宙斯却化身为他的模样，诱骗了阿尔克墨涅与之行房……

维特非常仔细地读着书中的一字一句，生怕错过了与布莱恩那首诗有关联的字眼，但却仍未发现任何可疑的蛛丝马迹。不过当他继续读下去之后，眼睛开始越睁越大，因为他终于找到诗句中的“天之子”与“地之童”了！

阿尔克墨涅成为底比斯国王的妻子后，顺利产下了一对双胞胎，一个是天神宙斯与她的儿子，另一个则是安菲特律翁与她的儿子。虽然他们是来自同一个母体的兄弟，却分属于不同的父亲。

天之子，继承了宙斯的神奇力量，不仅具有非凡的实力、勇气、智慧和技能，长大后也协助过诸神战胜了强大的巨人族。地之童，则遗传了底比斯国王骁勇善战的天性，不但参与过卡吕冬狩猎之战，也是雅典娜女神的巨船英雄之一。

当维特念出那对双胞胎的名字时，身上的汗毛全都竖了起来。因为，他总算确定布莱恩所写的那一首诗绝对和环球空间站有关系，而且也解开了天之子与地之童的真面目。

第四章

UTC 协调世界时，二〇一八年四月九日。

哈萨克斯坦共和国卡拉干达州，拜科努尔航天发射场。

天空出奇的蓝，黄沙滚滚的灌丛草原上，只有干黄的矮树与枯草堆稀稀落落地铺向远方的地平线。原本工程车出出入入的发射场，此时已经完全清空，方圆千米内没有一个人，只有远处高耸的珀耳修斯号伫立在发射台上。

它修长的外形是以灰白为底色，中段部位有两圈深灰与铬黄的环状色块，最下方则漆上了鲜艳的金红色。珀耳修斯号由上往下分别是轨道部件舱、返航舱与服务舱，底部两侧是可以分离的固体火箭助推器。

当宇宙飞船升空两分钟后，固体火箭助推器通常就会脱离主体，八分钟后外部燃料槽也会在大气层中脱离，只留下前面的三节部件舱继续绕行地球轨道，并且等待与环球空间站会合及对接。

星野与贝拉蜜脚步蹒跚地走出了发射台上的电梯，他们身后是同样穿着厚重太空服的阿哈努，他一边走一边朝着远处的看台挥手,走进座舱前还不忘竖起了大拇指。刚才接受电视记者采访时，阿哈努还一派轻松地天南地北，不过现在脸上的表情却严肃了许多，看来他还是掩盖不住内心的紧张情绪。

他煞有介事地喃喃自语:“我看到我祖母了！她就站在看台最上面那排，一直在跟我挥手，身后还坐着两位拍着兽皮鼓的白脸战士……”

“真的假的？她不是已经过世了吗？”贝拉蜜半信半疑，将身子退了两步往外面偷瞄，“没有呀？”

“当然是假的，我只是想化解一下这种紧张气氛罢了！”

贝拉蜜狠狠瞄了他一眼:“只有你在紧张吧？你是想打退堂鼓了吗？”

“当然不是，我花了那么多金钱与时间到星城接受训练，怎么可能会在最后关头轻言放弃！”

星野拍了拍他的肩膀，眼神认真地说:“那就好，你待会儿只要在后面闭目养神，醒来后我们应该就已经在轨道上了！”

珀耳修斯号舱内非常狭窄，两位航天员坐在面对控制面板的前排，随行的太空游客则位于后方。由于他们都穿着厚重的太空服，因此星野与贝拉蜜的手套上都挂着一根像指挥棒似的金属杆子，用来操作仪表板上的按键。

他们等待了大约一个多小时，发射台的外部燃料槽才注油完毕。星野熟练地用金属杆按着密密麻麻的按钮，开始测试尾翼、主引擎以及与升空相关的仪器。贝拉蜜则握着一本厚厚的手册，正与地勤人员进行检测汇报。当一切前置作业准备就绪后，他们两人才总算停下手边的动作，静候着发射控制中心的指令。

“微笑药师，你在后面坐得还舒适吧？”星野虽然无法在狭窄的空间内转身，不过还是礼貌性地偏过头问了一句。

“没问题！只不过心脏好像越跳越快，我到现在仍然无法相信，从小到大期待的太空之旅，现在竟然即将要发生了！”

贝拉蜜也跟着搭腔：“刚刚地勤人员也要我转告，请你务必放松心情、调整呼吸，你身心监视器上的指数稍嫌亢奋了些哦。你放心，星野的升空与对接技术绝对是顶尖的，他可是被俄罗斯联邦航天局认可的少数几位能够独当一面的外籍航天员呢！这就是此次任务中并没有俄罗斯组员随行的原因。”

星野被赞美得有点难为情，马上谦虚地说：“这次也算是护送微笑药师上太空，所以我更会全力以赴、使命必达啦！请放心！”

就在一切准备就绪后，几位发射台的工作人员探头进来，检查了舱内的信号无误后，便缓缓关上了小小的圆形舱门，还面带微笑地用俄腔法语向他们喊了一声“Bon Voyage！”(一路顺风)。

舱内才终于鸦雀无声，刚才发射台上的机械运转声、远处人群的欢呼声，此时全都被密封的舱门给隔绝了。

“进入发射前倒数三十秒，发射台水闸全开，启动噪音抑制系统……”玻璃头罩内的扩音器里传来地勤人员的声音。

没多久，只见珀耳修斯号两旁的巨大承架迅速往两旁撤下，发射台底部也如水库泄洪般不断喷出巨大的水柱。

“主引擎启动，引擎动力开始提升，进入百分之八十……百分之百……”星野一面用金属杆按着前方的几个按钮，一面复诵着每一个步骤。

地勤人员继续以俄语念着："十五……十二、十一、十、九、八、七、六、五、四、三、二、一，发射！"

"火箭助推器点火……主引擎动力百分之一百零四点五……"星野与贝拉蜜各自监视着控制面板，不断念着仪表板上各种繁复的数据。

珀耳修斯号底部与发射台下方在一阵巨响之后，顿时喷发出黄色的烈焰，就在宇宙飞船离地的那一瞬间，原本固定底部的四根巨型金属爪也应声脱离。

阳光中闪着耀眼光芒的珀耳修斯号，在浓烟与烈焰的伴随中缓缓升空，助推器上的四道黄光正垂直地朝着天际划去，然后离地面越来越远。

拜科努尔航天发射场远方的看台上传来了参观群众兴奋的欢呼声，发射控制中心内好几位地勤人员也情绪激动地用俄语喊着："珀耳修斯号离地成功！准备进入航道修正与 MAX Q 阶段[①]！"

宇宙飞船内剧烈地摇晃着，星野的表情却出奇的平静，气定神闲的镇静态度简直就像在驾驶汽车而已，而且每一次需要切换飞行状态时，他依然是那么的有恃无恐。阿哈努突然又闻到那种沸水煮芋头的气味，不过他已经渐渐习惯了星野专注时散发出的那种特殊气息。

星野不断汇报着宇宙飞船主引擎的动力状态："开始修正尾翼方向、调整航道……已锁定正确航道！进入 MAX Q 阶段！主引擎动力降为百分之七十二……通过 MAX Q 阶段！主引擎动力恢复百

①最大加速度阶段。

分之一百零四点五……”

俄罗斯的地勤人员也持续播报着升空期间的所有数据，提供给舱内的航天员以及在监控的几个太空联盟机构：“升空后三十秒，目前时速一千八百公里，舱内压力一切正常……升空后两分十五秒，固体火箭助推器脱离，目前时速四千二百公里，舱内压力一切正常……”

狭小的空间里重复着那种单调而规律的语音，让坐在后方的“闲杂人等”阿哈努突然有了一种想打哈欠的感觉。他环视舱墙上的那几个小型摄影镜头，要是他就那么肆无忌惮地张开大口，肯定马上就转播到各国航天机构的监视画面上，搞不好还会成为明天报纸科普版上的搞笑头条。

宇宙飞船升空的速度高达两马赫，其后更高达音速的六倍！还好经过大约八九分钟后，珀耳修斯号就进入轨道，而以二十五马赫的轨道速度绕行着地球。

当一切的震动与巨响全都停止后，他们才终于能脱下沉重的太空服和头盔，换穿俄罗斯官方提供的蓝色连身制服与布绒靴，然后爬到宇宙飞船的服务舱节睡觉或用餐，也正式进入四十多小时的环绕与等候过程。

大约两日后，他们总算与环球空间站交会，完成了轨道上的对接任务，也就是将珀耳修斯号悬吊在阿尔戈功能舱的后方，也终于能通过对接舱一个个爬进空间站内。

环球空间站的编制满员为六人，因此都是采取“以三换三”的方式交接，也就是说当三位新的航天员登站后，就会有三位资深航天员得以返航，他们通常会在两日内搭乘另一艘宇宙飞船返回地球。

但是这一次的情况例外，因为登站的组员只有贝拉蜜与星野，随行的太空游客阿哈努只会在站上停留十天，所以这次采用的是“以二换二”的交班方式，两位资深的返航组员将会在十天之后，才与阿哈努一同搭乘另一艘宇宙飞船返回地球。

因此，阿哈努这趟太空之旅期间，环球空间站上的人数共有八位组员与一位游客。这九位来自不同国家的人员分别为：

美籍组员：艾登·库珀、蓝斯·史密斯与贝拉蜜·罗宾森

俄籍组员：瓦西里·伊万诺夫、尼古拉·利夫希茨

加籍组员：柯瑞·麦考利

日籍组员：星野天彦

巴西籍组员：拉斐尔·桑托斯

加籍太空游客：阿哈努·索西

每次有交班组员登站时，是空间站上最欢乐的时光，除了因为人多热闹，宇宙飞船的抵达也运来了许多补给物资与太空食物，甚至是来自家人的卡片或包裹。

虽然现今空间站上的组员已经可以运用卫星网络与地球上的亲友视频或互通信息，不过收到家人们的亲笔信或礼物时，依然能为他们规律与乏味的太空生活增添一些激励与动力。

美国国家航空航天局、俄罗斯联邦航天局与空间站上的组员们在阿哈努登站后就为他举办了一场欢迎会。美加两地的电视网也通过卫星联机，访问了这位年轻富商搭乘宇宙飞船的心得，以

及初次登上环球空间站的感想。

实时画面上的阿哈努出奇地兴奋，连珠炮似的说了一长串：“……为了这一趟昂贵的太空之旅，我可是抛下了手边的工作，乖乖待在莫斯科的星城接受了整整八个月的训练。除了那些基本的微重力飘浮、无重力太空行走、高速离心力训练……我之前还不知道需要学习俄语！我的俄语女教官看我学得不是很卖力，还说我可以不学呀！不过等到要在太空中紧急逃生时，我肯定看不懂宇宙飞船仪表板上的那些文字，就连使用手册也都是俄文呀……那我岂不是会变成一具太空浮尸了！”

阿哈努通过卫星转播说得口沫横飞，另一头的几位新闻主播早已笑得合不拢嘴。其中一位女主播接着又问：“观众们都知道你是来自加拿大舒斯瓦普族的原住民，听说还保有部落传承给你的药师位阶。我们都很好奇，身为一位部落里的传统药师，你是从什么时候开始有太空之旅的梦想？”

阿哈努身旁的一位组员试着将另一具无线麦克风传给他，只见在微重力的舱房内，那个麦克风竟是以一种慢动作的速度，缓缓飘浮到阿哈努的手中。

他抓到麦克风后，马上又是一阵快人快语：“我已经称不上是传统的原住民了，我想地球上应该没有多少位印第安酋长或药师转行搞电玩产业吧？其实我对太空的迷恋来自于我的祖母，她是一位可以从天象预知局势的老药师，不过……也不是每次都那么灵验啦！”

他顺势看了一眼天花板还吐了一下舌头，像是在向老祖母的亡灵做鬼脸。

“她曾经告诉我，宇宙中的每一颗星星都有其存在的道理，银河里每一个星座的运行也皆有其原因，我们不该自以为是地认为，在这浩瀚天体中上亿上兆的星子里，只有我们这颗星球存有生物，我们并没有那么伟大！就是受了她的影响，我从小就对太空充满了幻想与期待……”

阿哈努说故事的能力非常了得，一下子就将这次的太空之旅扯到了老药师、祖灵或星象占卜，为这场原本很科普的访谈带来了一些神秘氛围。

其实，他并没有说出他此行真正的目的，否则根本不可能通过俄罗斯联邦航天局巨细靡遗的身家调查，而登上这座令他疑惑已久的“神秘空间站”！

那一场与地球同步联机的欢迎会，除了迎接他这位花钱援助俄罗斯航天计划的金主外，美国国家航空航天局也正式宣布资深美籍组员艾登将升任为站内的轮值指挥官。站内的组员们更提前欢送俄籍组员瓦西里和巴西籍组员拉斐尔的返航，也就是十天后将与阿哈努一起返回地球的那两位资深组员。

在空间站的欢迎会里，多金又阔气的阿哈努除了提供一道道米其林三星级的美食珍馐外，还特地开了一箱加拿大原住民酒庄“Nk'Mip Cellars Winery”的得奖白比诺酒，与每一位航天员分享。他花了三千多万美元的太空之旅，不但处处得到俄罗斯联邦航天局的特殊礼遇，更无形中帮那几位米其林厨师与酒庄在空间站上打了一场免费的活广告。

不过接下来的日子里，这位年轻的富商将摇身变成一位实境节目的摄影师。他的头上将会装上一具GoPro多功能摄像机，把他在空间站上的点点滴滴拍摄下来，通过旗下程序设计师为他编写的应用程序，实时转播给地球上所有的观众们看。

届时，使用者们只要打开手机或平板电脑，就可观赏到远在地表三百多公里之外的环球空间站内的一景一物！

UTC 协调世界时，二〇一八年四月十二日。

环球空间站，西面舱房。

经过第一晚的休息后，阿哈努一行人正式展开了在空间站上的生活。清晨，艾登亲自领着他们三位进行了一次空间站的导览，从节点舱、服务舱、功能舱、起居舱、后勤舱到微重力实验舱、迷你研究舱、穹顶舱、气闸舱、机械手臂……全都参观了一遍，也大致介绍了站内的医疗、餐饮与生命保障系统的位置。

阿哈努虽然接受过好几个月的微重力飘浮训练，这种二十四小时都要以飘浮代替行走的生活形态，对他来说依然是新鲜的体验。只不过，他仍需要适应用手撑着墙壁往前划的力道，因为他好几次都因使力过度，一个不小心就擦撞到前面的贝拉蜜或星野。

“这个穹顶舱是欧洲航天局建造的观测台部件，舷窗外右前方就是你们搭乘的珀耳修斯号，它后面那艘则是伊菲克勒斯系列的宇宙飞船。哦，舱壁上这些控制面板是用来操控站外的加拿大机械手臂，而朝永实验舱外也有另一具日本机械手臂。它们的任务就是协助空间站外各种对接任务，以及抓取每个航次的无人货运飞船……”

艾登浮在穹顶舱门外，一边讲解一边让他们三个人轮流进入舱内，毕竟这个长得像玻璃罩的小舱房就只有两立方米大小，一次也只能容纳一个人。阿哈努头戴着 GoPro 刻意环视了舱内一圈，顺势就将双脚勾住壁上的固定杆，自顾自地欣赏着舷窗外地球的景色。

此时的地球就像一颗蒙着白色面纱的湛蓝色宝石，朦胧的海洋与山脉仿佛正缓缓地呼吸着，很难想象在如此平静的表象之下，却充满着人与人之间的钩心斗角和国与国之间的你争我夺。

“这里应该是整座空间站视野最广的舱房吧！艾登有没有在这里见过外星人或不明飞行物呀？”阿哈努打趣地说着，还故做轻松状伸了个懒腰。

艾登先是愣了半秒，然后才大笑了出来：“你真是爱开玩笑，不过我还真没见过呢！”

阿哈努扬了一下眉头，顺手将头上的多功能摄像机按下暂停键：“咦？难道你们都没有听过如天使般发光的外星人吗？”

艾登这才反应过来：“哦，你说的是当年在礼炮七号空间站上的谣传啦，环球空间站倒是还没发生过那种事。”

“是吗？”阿哈努并没有继续问下去，不过表情却若有所思，没多久才又按下 GoPro 的摄像按钮，继续进行着空间站之旅的实时转播。

他们随后也参观了阿尔戈功能舱，艾登带着他们爬进一个狭长的通道后，才正式进入属于俄罗斯的功能舱。两位俄籍组员瓦西里和尼古拉正在维护设备，礼貌地和他们挥了挥手，又低下头忙着手边的工作。

艾登像个导览人员般仔细解说着：“这个功能舱是整座空间站第一个升空的部件，也是站上唯一属于俄罗斯建造的舱房。在六大太空联盟机构的合作下，多年来又陆续发射与对接了更多不同用途的舱房，才造就了如今环球空间站的规模……”

阿尔戈功能舱建造的时间比较久远，因此许多设备与控制仪显然比其他舱房陈旧，就连用餐区的托盘使用的也是第二代的内置加热型托盘。

而珀耳修斯号与伊菲克勒斯号宇宙飞船，就悬挂在这个功能舱后段的对接舱下方。返航的组员就是从对接舱狭窄的圆形舱口，爬入宇宙飞船顶层的轨道部件舱，才能进入第二层的返航舱，执行返回地球的飞行任务。

阿哈努对舱口上那两扇锅状的门非常熟悉，还刻意将头上的GoPro靠近拍摄了许久，然后喃喃自语地向正在观赏转播的太空迷们说明。

“大家可别小看这两口小锅，它们其实是宇宙飞船最顶端那个尖尖圆圆的部分，也就是说宇宙飞船是以它的‘鼻尖’来和空间站进行连接的！当双方主体对接成功之后，航天员们就是打开这两扇对接核与顶罩，从宇宙飞船顶端爬到对接舱进入环球空间站！”

毕竟，并不是很多观众都了解他们常挂在口中的“对接任务”是怎么一回事，阿哈努刚好通过这种现场转播的机会，将一些航天知识传达给地球上的太空迷们。

虽然环球空间站的加压空间就只有八百多立方米，但在艾登巨细靡遗的解说下，这一趟空间站之旅也花了将近两个多小时才结束。当导览告一段落后，阿哈努先回到了起居舱，在自己的寝层里稍事休息，也顺便用站内的制式笔记本电脑和远在地球的办公室交换信息，确认刚才拍摄的画面全都实时传到了影音串流服务器上。

没多久，贝拉蜜和星野也回到起居舱。他们刚刚结束与FCR1控制室的视频通话，星野看起来有点垂头丧气：“休斯顿的医疗小组通过远程诊疗，发现我自从登上空间站之后，血压状况就不是很稳定，还说如果再这样持续下去，就需要药物控制或者提前返航……”

“没有那么严重啦！你不要听他们吓唬人，搞不好过几天你结束了适应期，就会完全恢复正常。”贝拉蜜不以为然地拍了拍星野的肩膀。

阿哈努想了几秒，歪着头看了看星野：“你……对草药没有抗拒吧？”

“草药？应该还好吧。我以前也试过中国人的药膳，效果还不错！”

阿哈努二话不说，从寝层爬了出来，划到摆放太空食物的舱房。没多久就拎着一包真空压缩包回来，里面装满了干燥的椭圆形枯叶。

“这是我们舒斯瓦普族很常见的一种草药，是由生长在浅水沼泽区的拉布拉多树叶晒干制成的，因此我们也叫它沼泽茶。我时常将它当成茶叶泡来喝。据原住民的药学书上记载，沼泽茶可以平衡体质，降低血压、胆固醇和血糖，甚至能够预防糖尿病……”

阿哈努连话都还没有说完，星野早已一把将真空包抢了过来：“反正只是一些树叶而已，为了完美的健康检查报告，我在所不惜了！”

贝拉蜜和阿哈努都笑了出来。

“微笑药师，你们今天提到的如天使般发光的外星人到底是怎么一回事呀？”贝拉蜜边说边弯下腰，将手扶在自己的寝层边缘平衡重心。

阿哈努和她的寝层只隔着一个过道，而星野的则是在过道的天花板上。因此从视觉上看来，此时的星野就像是上下颠倒着悬在自己的寝层边。

在微重力空间里，并没有所谓的上下左右之分，航天员无论是站着或倒立着入睡，脑部都不会有地心引力所带来的不适。因此起居舱走廊的左右墙面、天花板与地板夹层，都藏着这种小小的休息空间。

寝层的空间大约只比浴缸稍微大一些，除了可摆放组员的私人用品与睡袋之外，通常也有制式的计算机配备，让他们休息时也可窝在里面上网或写电子邮件。当每个寝层的白色帆布门都关上后，外观上也看不出这节舱房上下左右的玄机。

听到贝拉蜜的疑问，星野也好奇地说：“对呀，听你的语气……好像认为这里也发生过那类的事件？”

阿哈努回过头检查丢在一旁的GoPro，确定那台摄像机已关机后，又探出头左右望了望过道，才低声回答：“我的确是那么认为，因为我曾经在网上阅读到一些诡异的传闻。”

“网络上的谣言你也相信！”贝拉蜜有点不以为然。

“假如我告诉你，那是环球空间站某任指挥官的亲人所言，你会不会觉得比较有可信度？”

贝拉蜜顿了一下：“那也不一定，还要看对方是怎么样的人。”

“二〇〇九年第十五梯队的俄籍航天员伊果·托夫斯基的儿子

维特·托夫斯基。”

星野的身子突然在空中翻了个大跟头，然后缓缓从天花板的寝层降了下来，就蹲在阿哈努和贝拉蜜之间的过道上。“维特·托夫斯基？我知道这个人呀！他是俄罗斯知名的航天工程学博士，也是一位天才的航天工程师，年纪轻轻就参与过多项宇宙飞船的设计与建构。不过……这阵子好像没有再听到过他的消息了？”

“原来他就是那位指挥官的儿子。”贝拉蜜吁了一口气。她当然也听闻过伊菲克勒斯号爆炸案中那三位殉职的航天员。

阿哈努点了点头：“一年前，维特赴休斯顿参加美国国家航空航天局的阶段性技术研讨会，在那之后就突然人间蒸发，没有返回俄罗斯。不过往后的几个月，他却陆续在好几本北美的航天杂志与论坛上发表文章……”

星野这才恍然大悟：“原来他是滞留在美国？难怪俄罗斯联邦航天局从此未再提及他！”

阿哈努将脑袋凑得更近，三个人几乎要脸贴脸了，语气神秘地说：“其中最令人瞩目的一篇文章，就是关于如天使般发光的外星人！他声称伊果在返航前寄给他的加密邮件中曾经提到过那个奇怪的名词，并且告知日后会与他分享。他本来也以为自己父亲所提的是礼炮七号上的那些流言，可是自从伊果一行人在返航途中丧生后，他越来越觉得整件事情肯定有什么蹊跷。”

“怎么说？”

“假如伊果所提的只是礼炮七号上的那些异象，那几乎是许多太空迷们都听过的传闻，他又何必郑重其事地告诉自己的儿子‘日后会跟他分享’？除非他另有所指！譬如……”

“譬如，他在环球空间站上也见过如天使般发光的外星人？”贝拉蜜不假思索地接了他的话。

他们三个人顿时屏息凝神了十多秒，甚至不由自主地环视着整个起居舱。

星野拍了一下额头：“所以，你之前提到是因为药师祖母的一番话，让你从小就对太空充满了幻想与期待，根本就是个幌子？如天使般发光的外星人才是你此行的目的！”

阿哈努思索了几秒，才勉为其难地说：“可以这么说，不过光是维特的那一篇文章还不足以构成我对环球空间站的好奇心，还有其他的原因……”他突然停了下来，闭上双眼深深吸了一口气，然后又缓缓吐了出来。

“怎么了？”阿哈努这突如其来的举动让贝拉蜜和星野都有点纳闷儿。

“你现在带着点香荚兰的气息，他则是鞣生革的味道，这两种气味应该都还算值得信任吧！”

贝拉蜜马上意识到他在干什么，下意识地皱了皱眉，将双手怀抱在胸口，还把胳肢窝夹得老紧。

阿哈努仿佛确认了什么，这才继续说下去：“你们应该也猜得出来，为了满足个人的好奇心，我曾经派人通过许多渠道寻找维特，不过却完全没有什么眉目。有人说他可能早就被俄罗斯的间谍暗杀了，也有人认为他应该是被美国官方软禁起来，以确保不会再被挖出更多的内幕消息。”

“什么内幕消息？”

“没有人知道，我只是推断而已。不过在寻找维特的过程中，我派出去的人却查到了另外一条线索，也就是他曾经拜访过另一位前航天员的亲属——布莱恩·豪威尔的女儿布瑶·豪威尔！”

贝拉蜜几乎快喊了出来，不过又马上捂住了嘴：“布莱恩·豪威尔，那位物理学博士？他也是伊菲克勒斯号的三位罹难者之一呀！”也许是同为美籍物理学家，贝拉蜜对布莱恩也有所耳闻。

阿哈努接着说：“我曾经在西雅图和布瑶秘密会面过，也证实了维特的确和她见过面。”

“因此，你知道他们当时谈了些什么？”星野低声道。

“布瑶告诉我，维特询问了一些她与父亲当年的通信内容，以及遇难前是否有任何不寻常的迹象。她虽然不确定维特的用意何在，不过还是答应回去翻一翻当年的日记本，毕竟那已经是快八年前的往事了。但是，当她带着日记本重回约定的地点见面时，维特根本没有出现，而且也完全没再联络她。”

“这么说那位维特真的是生死未卜？我相信布瑶肯定在日记本里发现了什么，然后全都告诉你了，不是吗？不然你也不会亲自造访这个空间站。”冰雪聪明的贝拉蜜说得拐弯抹角，当然还是想知道阿哈努此行真正的目的。

阿哈努笑了出来：“你这个充满香荚兰味道的女人哟！好吧，那么我也就不瞒你们了！我的确是有了一些线索，但是也几乎算是没有线索，这就是我必须亲自上来一趟的原因。”

星野和贝拉蜜听得有点迷糊，但还是耐着性子听他娓娓道来。

“布瑶说，在布莱恩返航前夕，曾经在电子邮件里写过一首奇怪的诗，并且要她记在脑海里，因为有一天将会有人看得懂。那首短诗的标题叫《颤音》……”

阿哈努凭着记忆，将那首英文诗念了出来，感觉他应该花了些时间研究其中的隐喻：

天之子，
地之童，
来自同母体的双子，
重聚于七重天之下。

天之子，
垂睫，
凝望着远方的子民。

地之童，
回首，
顾盼于毁灭的低吟。

在恶魔左手之关节，
希望的星芒将显现。

“这真的是那位物理学博士写的诗？怎么字句里净是天地神魔？”星野眯着眼，面带疑惑。

贝拉蜜却有点不以为然：“怎么？你认为我们物理学者的脑袋都应该是硬邦邦的，没有宗教信仰或不相信鬼神吗？偏见哦！”

星野有点招架不住，马上举手求饶：“我哪敢呀，只是提出疑问而已……”

贝拉蜜复诵了那几节诗句，还顺手抄在随身的小本子上：“听药师背诵得如此流利，肯定对这首诗里的一字一词推敲了许久，难道还没有任何头绪吗？”

“所以我刚刚才会说虽然有线索，但是也几乎算没有线索，因为我无法解开这些线索里所隐藏的含义。”

“你真的认为这首诗有什么暗码或寓意吗？我是说，难道不可能只是单纯的一首诗，一首父亲送给女儿的诗而已？”星野对文字的敏锐度并不是很高，因此很难想象这年头还会有人如此古典，写出这种充满隐喻性的诗。

贝拉蜜倒是持不同的想法：“这首诗的字里行间充满了阴郁与负面，我不认为是布莱恩写给女儿的诗。假如这真的只是一首单纯的诗，那么他又何必提到……有一天将会有人看得懂？这些文字肯定代表了什么意义。”

阿哈努叹了一口气：“我也曾想过这是一段所谓的密文，肯定可以用某些破译法解读出明文。不过，我通过计算机将这首诗套进现代的区块加密法、串流加密法，或是早期的密码盘、表格法、多圆柱及转轮机，甚至是经典的换位暗号法、替代暗号法与多字符加密法……各类破密术来分析，却完全读取不出任何有意义的只字词组。”

“那么说，这可能并不是什么经过精心编码的密文，而是一篇充满暗示字眼的明文，必须从字面上去斟酌关联性！”贝拉蜜几乎很肯定自己的推断，语气中甚至带着点兴奋。

阿哈努闭上眼睛，手指头抵着下巴思索着：“这里面的几个关键词有天之子、地之童、母体、七重天、远方的子民、毁灭的低吟、恶魔左手之关节、希望的星芒。你认为它们可能分别代表了不同的人、事、物？”

贝拉蜜点了点头：“非常有可能！既然布莱恩是在环球空间站的任务期写下了这首诗，那么我们应该将关联范围缩小到这个空间站。提到天之子与地之童时，你们会联想到什么？”

“在太空上的我们，以及在地球上的人类？”星野喃喃自语，语气有点不太肯定。

阿哈努摇了摇头：“诗里面所使用的子（son）与童（child）都是单数，并不是复数。因此天之子与地之童应该是指两个人，前者又肯定是男性，后者则或男或女。如果是来自于同一个母体，也许是指他们之间有着血缘关系？”

贝拉蜜沉默了好几秒：“当年这个空间站的六位组员里，应该没有兄弟或兄妹吧？”

“如果我之前收集的资料没有错，从二〇〇九年至二〇一〇年布莱恩驻站的那个时间点，环球空间站上的组员分别来自第十五梯、第十七梯和第十八梯，包括：俄籍的伊果·托夫斯基和尤里·安东诺夫，美籍的布莱恩·豪威尔和雅各布·汤普森，瑞典籍的阿尼·勘斯瓦，日籍的田原孝介。那几位组员并没有血缘关系，至少在登记的数据上没有。”

星野听完阿哈努背完那么一长串人名，竟然露出一种敬畏的眼神看着他。阿哈努讪笑道：“这没什么，我为了这一次的太空旅行做了很多功课！”

“我们也不能排除这些组员里，除了日籍的田原之外，其他组员中或许某两位有着不为人知的血缘关系？”贝拉蜜认真地说着。

“你是指同母异父，或者从小就被不同家庭领养的两个孩子，来对应后面所提到的来自同母体的双子？”

贝拉蜜缓缓点了点头。

星野有点纳闷儿地问：“为什么天之子与地之童一定是两个人？难道他们不可能是两件物体、两种操作系统、两个应用程序，或是……两颗行星？”

阿哈努与贝拉蜜同时顿了一下，虽然星野说得有点无厘头，却让他们意识到自己的局限，只是一味地将天之子与地之童定位为人类。如果他们真的是当年驻站的两位航天员，那么又怎么会有天神之子和地球之童的区别呢？

星野接着又说：“我还有一个疑问，这两位天之子与地之童难道和如天使般发光的外星人有关吗？我有点糊涂了，这座空间站上竟然出现过天之子、恶魔或天使？这听起来还真的像《圣经》里的故事。”

阿哈努大声笑了出来，然后才压低声音说：“我目前还不敢确定，但是我觉得它们应该是有些前因后果。毕竟在二〇一〇年初的空间站上，竟然有那么多光怪陆离的蛛丝马迹，可是往后的八年里却又完全销声匿迹，你们不觉得事有蹊跷吗？”

正当贝拉蜜与星野还在思索时，起居舱的扩音器里传来艾登的呼叫声，请他们两位即刻到服务舱会合。

“好了，我们晚点再聊吧！”贝拉蜜话都还没说完，便双脚一蹬，优雅地飘向通道出口。不过从她的表情看来，应该仍在思考着刚才的那些话题。

星野则是用力过猛，一个踉跄差一点就撞上舱顶，但还是不忘回过头向阿哈努道谢：“你的那包沼泽茶，我待会儿马上就泡来喝！先谢谢喽！”

阿哈努忽然想到什么，马上喊了他们俩一声，然后迅速将食指比在双唇上，示意他们要保守秘密。贝拉蜜和星野很有默契地点了点头，然后才飘出了起居舱。

他会心一笑。毕竟这舱房内有那么浓烈的香荚兰与鞣生革的味道，他确定这两个人绝对是那种会守口如瓶的人！

因为，他的药师祖母在世时也时常会散发出这种令人信任与依赖的气味。

第五章

UTC 协调世界时，二〇一七年十二月十一日。

日本茨城县，筑波宇宙中心。

广场上那艘 H-II 火箭依然静静地躺在水泥架上，那些与它同系列的火箭曾经完成过许多日本卫星的升空任务，如今只剩下这艘退役后的测试模具，被安放在这座代表日本航天科技先驱的园区里。

隔着偌大的停车场外，是一栋玻璃帷幕与混凝土外观的白色大厦，楼顶右上角铸着一个巨大的蓝色标志，上面写着“JAXA”四个大大的英文字，字母里还隐藏着一颗张扬的五角蓝星。

这里就是日本宇宙航空研究开发机构的总部。它除了是日本指令通信员与环球空间站联系的任务控制中心所在外，亦是培育过许多优秀航天员的训练基地之一。园区内也有部分区域开放给学校与观光团，让游客们可以体验太空训练课程，或是穿上太空服模拟微重力空间中的任务。

田原孝介的办公室就位于那栋白色建筑物里，从他所在屋里的落地窗刚好可以眺望楼下的 H-II 火箭。他的办公桌摆设得简单利落，除了桌面上有一张全家福，旁边还挂着一幅航天员毛利卫的海报。海报上的毛利卫脸上堆满了笑容，身穿一套深蓝色的航天员连身制服，手中还捧着一艘白色的航天飞机模型。海报的右下角则有他潇洒挥毫的亲笔签名。

毛利卫一直以来都是田原的偶像，要不是当年他在 STS-47 航天任务中的表现启蒙了许多二十岁出头的日本年轻人，田原也不会燃起对外层空间的热情，进而成为登上环球空间站的少数日籍组员之一。

自从田原结束了二〇一〇年的航天任务后，就回到日本宇宙航空研究开发机构任职。他目前在筑波宇宙中心的主要职务，就是为二〇二〇年日本的登月计划训练航天员候选人。他负责训练一批具有航天机械专长的候选人，这些学员结束两年的航天员基础训练后，就是届时登月计划中的主要工程人才，必须在二〇三〇年之前完成日本月面基地的建构任务。

此时的田原坐在办公桌前，表情凝重地盯着手中的平板电脑，屏幕上是一封英文的电子邮件，字里行间充满了问号。他的目光虽然停留在信件上，眼神却若有所思地放空着。

这已经是维特写给他的第六封信了，这七年来他几乎每年都会收到一封，内容也是大同小异。田原一向都是冷处理，就当作从来没有收到过那些信。他心想，与其担心什么能说、什么不能说，还不如什么都不回应来得保险些。

不过，维特三个月前寄来的这封邮件，在内容上显然和前几年完全不同。他开门见山地告知他目前人在美国，并且与几位相关人士见过面，因此在信中对田原的质问也比以往更为具体。

亲爱的田原先生：

你好！

在我准备写这封邮件之前曾想过，你或许会和以往一样不予回复，但我还是决定要写。

我相信我过往的信你应该都收到了，也绝对阅读过我每一次的提问。我理解你或许有难言之隐，无法给我任何回应，但是我依然期待有一天，你会回信帮助我。

我目前已经离开俄罗斯，在美国停留了四个多月。这期间我见过阿尼·勘斯瓦和布莱恩·豪威尔的家人，也从他们口中得知了更多信息，让我更了解当年伊菲克勒斯号返航前的种种疑点。

我只是想问，你曾经在环球空间站上听到的那种低频声，到底是类似什么样的声音？那种不寻常的光线又是什么样子？我只是想确定，那些现象是否与我父亲提及的如天使般发光的外星人有关。我父亲是否也曾跟你提起过他见到的一些异象？

请原谅我的一再叨扰，但是那些令我疑惑的种种，或许攸关着当年返航组员们罹难的前因后果，也是我们这些殉职者的家属希望知悉的实情。

我期待在不久的将来，你也能敞开心门让我了解你知道的那一面真相。

祝好！

维特·托夫斯基

2017.09.10

这三个月以来，田原不时打开这封电子邮件，不断地自问是否应该回信给维特。他每重读一次，都会被拉回过往的那些记忆片段中，就像是倒带的胶卷不停闪进脑海。然而，他的心中也有许多疑问，那么又能给维特什么帮助呢？

田原很难忘掉在空间站上听过的那种声音，那是一种类似低音大提琴的急促擦音，可是频率却又远远低于任何弦乐器，甚至有一种令人耳膜微震的刺痛感。他从小听觉就特别敏锐，能够听到许多常人无法感觉到的音频，可是从来没有听过这种循环又规律的低频，仿佛一直在重复着某两个小节的旋律。

大部分的人对音频的听觉范围约为二十赫兹至两万赫兹，他不敢确定那种乐声是否为低于二十赫兹的声波，但是应该也不相上下了。毕竟时常和他一起执行勤务的阿尼就对他听到的音频完全无感，有时还会语带讽刺地嘲笑他两句。

或许是因为经历过其他组员的不以为然，田原开始不再向任何人提起那种低频音，尤其是从伊果手中接下了轮值指挥官的职务后，更不愿意去危言耸听。他唯一能做到的，就是尽量避免到西面的那些舱房去，除了因为那里偶尔会有刺耳的低频声外，他也曾经在那里见到过无法解释的景象。

他不敢确定是否该将自己的所见归类为外星人或灵异现象，但是他确实看到过一团淡淡的橙色光团迅速从后勤舱通道穿墙而入，再从走廊上方穿墙而出。虽然只有短短的一两秒钟，可是他非常确定有一团光线从他眼前飞快掠过。

田原是从维特的几封邮件中才得知，原来伊果也曾目睹过类似的现象。只是他从未意识到，那种光团有可能与礼炮七号上曾出现的如天使般发光的外星人有关！

不过，在布莱恩的密室命案发生后，那些诡异的音频与橙色光线就再也没有出现过。要不是维特如此锲而不舍地追根究底，田原也不会将当年的一些异象与空间站上的密室命案，或是伊菲克勒斯号的失事联想在一起。

难道那些音频与光线真是来自发光的天使？抑或是某种与人类不同形态的生命体，从地球轨道穿墙潜入环球空间站，杀害了布莱恩？

田原之所以一再考虑是否该回信给维特，是因为最近那种音频与光线竟然又出现在他眼前。当然，并非是在微重力加压空间的空间站上，而是在日本宇宙航空研究开发机构的种子岛宇宙中心里！

两个星期前，田原与几位教官带着一批航天员候选人，远赴九州岛外海的种子岛见习，那里被誉为全世界最美丽的火箭发射场。现场工程人员除了介绍岛上吉信发射台和大崎发射台的运作过程外，也带领学员参观了登月火箭组装厂房、火箭追踪测控中心及光学观测设施，还有日后将会在月面基地上使用到的一些新设备。

这些设备中有一组装置，给田原带来了极大震撼。

“这是德国夫朗和斐协会研发的新一代电磁脉冲防御装置，它将可以杜绝日后太阳黑子的磁暴，或是小行星之间的撞击所产生的带电粒子电流直接冲击月面基地的危机，避免整个基地在通信、计算机、线路与电力上的瘫痪。”

那位解说的工程师有着一双丹凤眼，嘴唇很薄，站在一组不怎么起眼的装置旁。那是一个看起来像是无线组件的黑盒子，而架设在一旁的巨型脚架上则有四座天线，另外还有一台外观像计算机的数据分析仪。

他继续说着：“当然，这项装置现阶段并不能阻绝电磁脉冲对电子设备所造成的伤害，但是能提前侦测到电磁脉冲的磁波强度、频率与位置。因此，基地内的组员在有预警的情况之下，可以迅速断绝运作中的电子设备，以降低电子数据的损毁，甚至是全面瘫痪。”

“你提到的电磁脉冲是否也包括核式或非核式的电磁脉冲武器产生的非自然电磁脉冲呢？”发问的是一位长得稚气的航天员候选人。

“是的，通过这四座涵盖区域各为九十度的天线，将可以三百六十度侦测到各种类型的电磁辐射。这个黑色盒子是用来辨识电磁脉冲起始与结束的高频率模式，数据传到另一台分析仪后，将会运算出电磁脉冲的来源点与持续长度。如此就可辨别出是来自太阳黑子磁暴、行星撞击或闪电所产生的自然电磁脉冲，还是来自核爆、核式或非核式的电磁脉冲弹。”

那些学员对电磁脉冲武器充满了好奇，毕竟现代人的生活过度仰赖于电子产品，无论是个人使用的计算机、手机与网络，还是企业普遍配有的服务器、局域网络与云端系统，乃至各国军事单位的电子辐射设备或电磁武器……全都禁不起这种强烈电磁脉冲的冲击，可在一瞬间全面瘫痪。

“日后有机会登上月球的组员们都会接触到这类型的防御装置！我现在就为各位示范它的操作与运用方式。请各位暂时先退到实验室外，我们将会启动另一台电磁脉冲仿真器来做实测。虽然电磁脉冲并不会对人体造成伤害，但是滞留在非安全距离之内，你们身上的手机或电子产品还是会短路或损毁。”

几位工程人员领着教官与学员们离开了那间实验室，然后在走廊上隔着玻璃观看里面的动静。实验室内有一个约一米长的圆柱体被缓缓吊在空中，两位工程人员则在旁边的仪表板前做了些调整后，快步离开了实验室。

“这是一款微量的电磁脉冲仿真器，可以针对小型且单一的目标投以方向性的电磁脉冲干扰。那么我们就来看看夫朗和斐的那款防御装置，是否可以侦测到仿真器的电磁脉冲……”丹凤眼工程师向旁边的同事比了个手势后，对方就按下了触控屏幕上的启动钮。

不过，就在那台仿真器启动的同时，田原却突然听到一些细碎的声音，虽然并不是那么清晰，但是依然可以辨别出是一种规律的低频音，而且还不断地重复循环着。

他的心跳顿时加快，仿佛许多年前的那场梦魇又悄然回来了。因为那种低频声与当年在环球空间站上宛如低音大提琴的急促擦音如出一辙！只不过并不是那么清晰与刺耳。

他回过头环视了身旁的学员，每个人都凝视着实验室内的动静，并没有人像他那样露出疑惑的表情。

“啊……有闪光！那是正常的现象吗？”几位学生喊了出来，然后纷纷交头接耳。

丹凤眼工程师表情镇定，继续讲解着：“电磁脉冲是短暂瞬变的电磁现象，是一种以空间辐射传播出去的能量。无论是太阳黑子的磁暴，还是地球上的闪电及静电所造成的电磁辐射，它们的原理都是一致的，只不过是所产生的能量有大小区别而已……”

田原也看到那一道快速的闪光，瞬间从仿真器的机壳中蹿了出来，光线笼罩着整个仿真器。虽然只有短短的一秒钟，可是淡淡的橙色光晕依然残留在他的视网膜上。

他的双眼瞪得很大，双唇也不由自主地张着，仿佛脑中顿时刮起了一阵飓风，过往所有的记忆片段全都被卷了起来，然后一张张打在他的脸上。

“这一台非核式的仿真器可以模仿在高海拔下核爆的效果，虽然不会出现蘑菇云或核爆尘，但是依然可以放射出电磁脉冲，造成电子设备失灵或损毁。这一款仿真器在运作时会产生热量和冲击波，因此有时会出现刚刚那种闪光或光团。”

在计算机前的另一位工程师接着说：“屏幕上的画面就是夫朗和斐防御装置的分析图，上面的警示窗口就是刚才仿真器所放射的电磁脉冲数据，与电磁脉冲类型的判别……”

杵在一旁的田原什么话也听不见了，他的思绪就像重组中的硬盘，正一格一格地将记忆排列到正确的扇区。

他不断反复地问自己，难道他在环球空间站上听过的低频声、见过的一闪而过的光团，或是伊果提到的如天使般发光的外星人，全都是这种电磁脉冲装置运作时的效应？

但是，他在空间站上所听到的低频比刚才的频率刺耳太多太多了，是否也代表当时的电磁脉冲能量远比这具仿真器更为强烈千百倍？

假如那些现象全是电磁脉冲装置造成的，为什么空间站上的电子设备并没有短路或损坏？除非那也是一具能针对单一目标投射方向性电磁脉冲的设备。为什么环球空间站上会有这种东西？

这和伊菲克勒斯号的失事没有关系吗？到底是谁想要置伊果、雅各布或布莱恩于死地？难道当年在环球空间站上有那么一位组员，除了在微重力密室谋杀了布莱恩，还使用了一具私藏的电磁脉冲装置干扰了返航中的宇宙飞船，而造成所谓弹道式重返大气层的爆炸假象？

除了田原之外，还活着的组员就只剩下阿尼·勘斯瓦和尤里·安东诺夫，那么他们之中到底谁会是那个凶手？

当初，他们三个人答应美国国家航空航天局隐瞒那件密室命案的出发点，只是不希望造成世人的恐慌，或影响六大太空联盟机构的长远声誉，才会签下那一纸保密条款。

但是，如果那纸约定的背后窝藏的不仅仅是凶手和无辜的死者，还包括了一具有杀伤力的装置与伊菲克勒斯号失事的真相，那么，他不觉得自己有义务继续去隐瞒那个可能会危害到更多人的秘密！

田原挺直了腰，将椅子滑到自己的办公桌前，顺势将手中的平板电脑插在桌面键盘上,然后对着维特的那封信点了“回复”钮，开始在键盘上飞快地打字。

他知道那将会是一封很长的回信。

UTC 协调世界时，二〇一八年四月十日。

美国纽约州，布鲁克林。

维特在贝德福德站下了地铁 L 线后，便快步走向狭窄的楼梯回到路面上。他刻意压低头上的贝雷帽，竖起薄夹克的领子，低着头转进了第七街北段，一边走还一边回了好几次头，看起来有些形色仓皇。他在地铁站附近绕了好几圈，直到确定没有可疑人物之后，才放心走进了自己的公寓楼。

自从维特在西雅图发现有不明人士潜入他的车内，翻看他的随身行李与文件后，他在美国的生活就一直过得非常低调。他不敢确定那些追查他的人到底是谁，美国中央情报局？或是俄罗斯对外情报局？这十多个月以来他并没有再发现任何异状，直到上个星期才又觉得自己被跟踪了。

这一阵子，他时常在不同的场所见到一个男子，虽然对方每次出现时都会刻意伪装，可是维特一眼就能认出他与众不同的酒糟鼻。维特自认已经将自己的外貌彻头彻尾地改变了，除了戴上书呆子气的宽边眼镜，还留了满脸的络腮胡，就连在租房时登记的数据，也都是使用之前在网上购买的伪造身份。

为什么还会有人追踪到他？

维特走进自己的房间前，习惯性地环视了下公寓走廊，然后才打开门迅速钻进去。他不敢确定这种偷偷摸摸的生活还要过多久，但是只要那起宇宙飞船遭遇意外的真相没有水落石出，他绝对不允许自己被任何官方单位逮到，或是被遣返回俄罗斯。

他目前手边已经掌握了布瑶、阿尼和田原提供的线索，尤其是田原写给他的那封信里提到的电磁脉冲装置更是让他非常振奋。他倒是没有料想到空间站上的那些音频、光线或如天使般发光的外星人，有可能是某种装置启动时所发生的现象。

他查过美国军事单位公开的一些资料影片，白沙导弹靶场目前使用的新一代电磁脉冲仿真器已经进步到完全无声光了！因此，八年前在环球空间站上所产生的那种光线或光团的现象，显然是前一代的装置。而且，它绝对不会是什么单纯的仿真器，可能还是一具拥有强大功率的电磁脉冲武器！

环球空间站上不同的部件、主架、桁架或舱房，大多由不同的太空联盟机构组装完成，然后再用俄罗斯的宇宙飞船运载到轨道上，一次次与空间站上的其他舱房对接，才有如今这种空中楼阁的规模。

这些部件包括俄方的阿尔戈功能舱、宇宙飞船对接舱，美方的费曼实验舱、施温格实验舱[①]与三个后勤舱，日方的朝永实验舱与机械手臂，欧洲的穹顶舱与多座迷你研究舱，加拿大的机械手臂与平移台，巴西的节点舱与太阳能发电桁架……还有许多分工组装的小型舱房。

那么到底是哪个国家的太空联盟机构，将这种可以干扰导弹或飞行器，甚至是令任何一座城市电子设备瘫痪的电磁脉冲武器偷偷运上了空间站？是美国国家航空航天局，抑或是俄罗斯联邦航天局？

他握着一支红色的白板笔，站在客厅墙上的那两片白板前，聚

---

①施温格实验舱，作者虚构的实验舱之一，以美国理论物理学家、诺贝尔物理学奖得主朱利安·施温格命名。

精会神地检视着上面写得密密麻麻的俄文和英文，不断思索着每一条线索之间的关联。这些日子，他不时在白板上涂涂抹抹，想将每一条信息环环相扣联系在一起，有时他也会推翻先前的种种推断，然后又写下更多的大胆假设。

维特的心中非常清楚，与其在这里闷着头纸上谈兵，他更需要的是——亲自登上环球空间站！才有可能将手边的所有推测实际套用在空间站上。如此，那些相隔天地之遥的拼图才能完整拼凑出一幅真相。

但是，他又怎么可能轻易就登上远在大气圈热层的环球空间站？难道他费尽心思收集到的所有线索，就该如此变成胎死腹中的悬案？

就在维特陷入沉思的当下，他的房门突然传来了敲门声。

那三下敲门声听起来非常细微，甚至可以说敲得非常礼貌。维特全身的神经顿时紧绷，完全不知道该怎么办。他搬进来这么多个月，从来没有主动和邻居们打过招呼，就连最基本的问候与寒暄也完全避免。因为，他不愿意让外人听出他浓浓的俄腔英语，而被多事的邻居追问下去。

房门上又再次响起几下敲门声，这次比刚才又稍微大声了些。

他有点犹豫地走到门边，皱着眉想了一想，才终于缓缓开了一点门缝，露出一只眼睛往外瞧，不过门上的铰链依然扣着。

“托夫斯基先生……”

还没等门外的人说完话，维特马上条件反射地将门用力关上，并迅速上了两道锁，再用身体抵住了门板。

因为门外的人，就是那个酒糟鼻男子！

正当他还抵着门，考虑是否该将白板上的文字全部擦掉，再从阳台跳下楼逃走时，门外又传来了那个男子的声音。他的声音非常小，感觉就像是靠在门缝上呢喃着。

“我不是中情局派来的，请你绝对放心……我只是需要你的一些协助……”对方显然了解维特到底在顾虑什么，开门见山就先澄清了自己的身份。

几秒钟后，只见门缝里悄悄塞进来一张纸片。维特愣了一下，伸手取了下来。那是一张设计得非常特殊的雾金色名片，名片左上角镂空处还嵌着一枚激光印刷的透明头像。他读了上面印刷的文字后，原本深锁的眉头渐渐舒展了，马上转过身摘下铰链，开了两道锁，将房门大开。

西装笔挺的酒糟鼻男子非常恭敬地站在门外，露出了灿烂的微笑，然后缓缓伸出右手，用力握了握维特的手。

他身上仿佛也散发着一股维特等待已久的光芒。

第六章

UTC 协调世界时，二〇一八年四月十二日。

环球空间站，费曼实验舱。

今天是贝拉蜜正式在实验舱里工作的第一天，大部分的时间都是在了解如何操作设备，及阅览前几梯队的美国物理学家留下来的实验数据与报告。

当工作告一段落后，她才发现自己已经在里面待了将近九个小时。她随即离开了实验舱，划回自己的寝层，没多久换上一套比较轻便的运动服后，就到二号节点舱开始了例行运动。

在微重力的飘浮状态中，航天员长期用不上双腿的肌肉来行走，因此必须要靠跑步机或踏步机之类的健身器材来避免腿部发生肌肉萎缩的情况。

巴西籍的拉斐尔正好也在二号节点舱里运动。贝拉蜜和他闲聊了两句后，就戴着耳机上下颠倒地挂在舱内，一边听着音乐一边在跑步机上运动。大约半个小时后，她才和拉斐尔交换了器材，以另一种九十度的立姿站在踏步机上，用力舒展着臀部与大腿的肌肉。

她的脸上冒着些许汗珠，脑子里不断想起阿哈努念的那首诗。她很好奇布莱恩是在什么情况下写出了那首诗。难道诗句里真的隐喻着什么吗？天之子、地之童、七重天、恶魔左手之关节、希望的星芒……这些词句会和这个空间站有什么关系吗？

贝拉蜜的运动腕表震了几下后，她才终于解开肩上和腰上的固定架,完成了今天的运动计划。她准备转往一号节点舱的用餐区，途中经过了位于角落的穹顶舱舱口，她好奇地探头往里面望了一望，那座舱内刚好没有其他组员。

贝拉蜜索性钻了进去，想看看舷窗外的地球美景。

在那个小小的空间里，景色依然美得令她惊艳不已。水蓝色的地球刚好框在六边形的舷窗内，看起来就像一颗包覆着蓝天白云的球体。她可以清楚看到云层底下的太平洋，上面浮着大大小小的绿色岛屿和陆地。眼前的地球离她那么近，距离却又是那么遥远。

穹顶舱是以一种往外凸的六角立体形状建构而成，每一片舱窗都面向不同的方位，因此才能放眼看尽一百八十度的广阔视野。这座舷窗是以六片梯形的舱窗围成一个环状，环状中间则有一个圆形的天窗，上下左右全部加起来一共有七片舱窗，才组成了这个六边形的穹顶舱。

贝拉蜜看着那几面舷窗，突然愣住了。那七片玻璃外的景色，简直宛若一片充满着浮云的万里晴空，甚至令人有一种分不清是海或是天的错觉。

难道这就是布莱恩诗里所形容的“七重天”？

她的心情突然振奋了起来，将身子攀在舷窗的边缘往外望。在她的右前方可以清楚看到阿尔戈功能舱后的两座对接舱，对接口上一前一后悬吊着两艘俄罗斯的宇宙飞船。前方的是珀耳修斯号，后面的则是伊菲克勒斯号。

贝拉蜜突然想起高中时代读过的希腊神话故事，也对这两个希腊名字开始有了些印象。她总算肯定布莱恩诗里所指的天之子并不是众人耳熟能详的耶稣基督，那位神当然也就不是耶和华。

而是天神宙斯！

在希腊神话故事里，天神宙斯至少有十五位儿女，其中共有八位是男性，他们分别是：阿瑞斯、阿波罗、狄俄尼索斯、赫尔墨斯、米诺斯、赫菲斯托斯……

以及宙斯化为一阵金雨、与阿尔戈斯国王的女儿达那厄交欢后生下的半神珀耳修斯和伪装成底比斯国王的模样、诱奸其未婚妻阿尔克墨涅后生下的另一位半神赫拉克勒斯！

底比斯国王与阿尔克墨涅的儿子伊菲克勒斯虽然并非所谓的半神，却与赫拉克勒斯是来自同一个母体的双胞胎兄弟！而其中更复杂的是，珀耳修斯除了是赫拉克勒斯同父异母的兄弟外，他更是这对双胞胎兄弟的外曾祖父！

因为，他们的母亲阿尔克墨涅其实是珀耳修斯在凡间的孙辈！也就是说风流的宙斯所诱奸的，竟然是他所不知情的曾孙女。

俄罗斯联邦航天局之所以用他们的名字来为三个系列的宇宙飞船命名，并不是因为他们之间有千丝万缕的关系，而是在希腊神话中，他们都有着骁勇善战与冒险犯难的精神，甚至也曾是远征异域的超级英雄。

尽管这三个系列的宇宙飞船历经了好几代，目前几个航次所升空的也已经是赫拉克勒斯八号、珀耳修斯十号及伊菲克勒斯七号，但是，大多数的组员或地勤人员总会省略掉数字，而直接以它们的系列名字来统称。

“天之子有可能就是赫拉克勒斯号或珀耳修斯号，而地之童则肯定是伊菲克勒斯号了！”贝拉蜜突然有种茅塞顿开的快感。

因此，布莱恩停留在空间站的那半年里，或者说当他写下那首诗的时候，也曾经见过停泊在对接舱下的两艘宇宙飞船，就和现在一样是天之子与地之童的组合。

“天之子，垂睫，凝望着远方的子民。”贝拉蜜默默念着那首诗，将目光落在如今的天之子珀耳修斯号上，它所在的位置面对着地球，的确犹如正低头凝视着远方的子民——地球。

那么，“地之童，回首，顾盼于毁灭的低吟”又是怎么一回事？

她看着现在的地之童伊菲克勒斯号，顺着“回首”的视线往它的右斜角后方看，并没有看到任何明显的物体。然后又往它的左斜角后方望，视点刚好落在窗外的加拿大机械手臂上。

贝拉蜜兴奋得几乎快喊了出来，原来“恶魔左手”指的是那座机械手臂！那么，“关节”又是指哪里呢？她数了数那具白色的巨大机械手臂上，总共有三个长得像关节的轴承，其中最大的一个轴承就对接在服务舱下方。

她迅速划出了穹顶舱往服务舱飘去，甚至没心思和擦身而过的其他组员打招呼。

当她进入服务舱时刚好没有人。她找到了机械手臂对接口的标示后，迅速掀开盖在上面的帆布地板，呈现在眼前的除了凌乱的线路与管道之外，还有一个约为人孔盖大小的圆形洞口，看起来应该就是机械手臂基座的第一个轴承接合处。

她顺手从舱壁吸附工具的磁铁板上抓了一支手电筒，毫不犹豫地往洞口钻去。洞内的空间非常狭窄，她根本无法张开双臂靠浮力划行，只能双手使劲往前伸，靠着手指的力量拨着内壁爬行，她的运动服还因此被凌乱的线路钩了几个洞。

没多久，她勉强爬行到洞内的最底端，开始用手电筒由内往外地毯式地检查四周的壁面，不过上面除了布满线路和电路面板之外，根本看不出有任何异样。她甚至根本不知道“希望的星芒”到底长什么样子。

她一边往后退一边仔细地检查着，几乎就要退到洞口准备放弃时，眼前突然闪过一丝光线。

那是来自一面小铜牌的反光，端端正正地被四颗螺丝固定在墙上，上面印着加拿大国家航天局的官方标志。贝拉蜜本来还不以为意，毕竟加拿大提供的设备上镶着该国太空局的标志，是很天经地义的事。

不过，她仔细看了那块铜牌后，发现上面有许多的疑点。

加拿大国家航天局的标志是一个蓝底反白的饼图案，底部分别有着该局英文与法文的缩写“CSA”和“ASC”，中间则是一道象征地球地平线的半弧形。弧形上有五道向上放射状的光芒，看起来像是太阳的曙光或星光。那五道光芒中还有一颗划过天际的十字星，或许是代表人造卫星或空间站。而标志的最上端，还有另一颗悬在空中的十字星。

它们会是“希望的星芒”吗?

贝拉蜜盯着铜牌上的蓝白标志良久，心中充满疑问。她顺势将手电筒照在铜牌边缘四个角的螺丝上，发现那四颗螺丝都有非常明显的磨损，就连铜牌的某一个角上也有些许刮痕。

那些刮痕就像是锁螺丝时不小心被螺丝起子伤到的痕迹。制造这座加拿大机械手臂的应该都是专业的工程师与技工，肯定是使用电动螺丝起子吧。那么又怎么会有这种徒手上螺丝时的瑕疵?

她索性从腰包里掏出了一把多功能瑞士小刀，用上面的迷你起子卸下了螺丝。

当螺丝只剩下一颗时，她早已迫不及待地直接将铜牌一百八十度拨了开来，赫然发现底下的壁面上竟然有一个两寸左右的小洞，洞内除了可以看到一些线路，还有一块不太像电路板的长方形小物体。

贝拉蜜的手掌显然无法伸进去，只好试着用两根指头夹出那个物体，折腾了一分多钟，才终于将它取了出来。

她将那个不明物体放在手心上，把手电筒的光源靠近仔细观察着，才隐约看出来那是一块大约只有拇指大小的金属。她尝试着转动或扳开那个类似不锈钢材质的小块状，想确认里面是否藏了什么东西。

没多久，她总算恍然大悟了!

UTC 协调世界时，二〇一八年四月十三日。

环球空间站，西面舱房。

两位俄籍组员瓦西里与尼古拉都穿上了俄罗斯的舱外用海鹰

太空服，一旁的星野则身着美系的 EMU 太空服。已经有多次太空行走经验的瓦西里，口操俄腔英语不断向星野耳提面命，还要他尽量将心情放轻松。

这两位机械工程专长的组员将带着星野先做一些基本的空间站外部勘察，以作为几天后第二阶段主架与桁架工程的热身。星野和尼古拉届时将会搭配日本机械手臂，将这几航次宇宙飞船所运上来的部件一一对接到正确的位置，作为日后更多节点与舱房的延伸支撑体。

星野虽然在中性浮力水池中练习过许多次，也巨细靡遗地熟记了所有的施工步骤，但是现在却将真实地走进这座气闸舱，到环球空间站的外部进行太空行走，他的心情还是有那么一丝紧张。当然更多的则是兴奋，仿佛肾上腺早已分泌了足够的能量，让他可以一跃而出，躺进那片完全无重力的无垠星空里。

除了这三位航天员之外，阿哈努、艾登、蓝斯、拉斐尔与柯瑞也在气闸舱的装备区协助他们着装和调整装备。阿哈努的头上依然戴着那一具 GoPro 多功能摄像机，正旁若无人地解说着那两种款型的太空服。

“这种舱外用太空服的结构和我搭乘宇宙飞船时的那种舱内太空服完全不同哦！它除了更厚重之外，里面还有加压、充气、防辐射线和抗微星尘的功能。当然，也配有基本的微型计算机、通信设备和生命保障系统。”

他突然压低了声音，对着肩膀上的外接麦克风说：“生命保障系统就是组员们可以在太空服里……尿尿的设备，还能自动将人类的尿液转化为水分和氧气……”

这几天以来，阿哈努已经习惯了空间站上的生活，有时还会假借实时转播的名义到各个舱房闲晃，背后的目的其实只是想找出心中那些疑问的答案。不过到现在为止，他连布莱恩的那首诗或如天使般发光的外星人，都还没有理出任何头绪。

眼见返航日一天天逼近，他开始担心这一次的太空旅游难道就这样无功而返？

当瓦西里、尼古拉和星野准备就绪后，艾登便领着另外几位组员退出了气闸舱的装备区，并且确实关上了第一道闸门，在封闭式的硼硅石英玻璃窗外观察。三位身穿厚重太空服的组员随后步入了另一道门内的乘员区。

这座气密型过渡舱主要提供一个氮气含量较低的空间，让准备进行太空行走的组员能先在这种环境停留一晚，排除血液中的氮气。如此的步骤可以避免在太空行走时，太空服内低压的纯氧环境会造成组员产生所谓的“减压病”。

艾登检查了气闸舱外的仪表板，确认了氮含量的指数没有问题后，才回过头说：“六个小时后，大家到朝永实验舱集合，确认他们已经在站外进行太空行走了。”

阿哈努暂时关上了头顶的GoPro，满脸疑惑地问：“咦，今天怎么都没看到贝拉蜜？”

“应该是在费曼或施温格实验舱吧？她好像已经开始着手被委派的实验工作了。”艾登与贝拉蜜同为美籍航天员，因此对她的几项实验任务也略有所知。

“哦……那么我可以到那两座实验舱顺便拍摄一些贝拉蜜在微重力状态下做实验的镜头吗？”阿哈努问。

艾登想了两秒：“应该没什么问题吧，她这次的几个实验都是厂商委托的物理测试，并不是什么机密性的官方任务。”

听他那么一说，阿哈努双脚一蹬就往那两个实验舱的方向飘去。

他对这种微重力空间的飘浮方式已经越来越得心应手，有时还会和星野在起居舱内玩追球游戏，也就是他们其中一个人投出球后，两人便迅速追上如慢动作般飘出去的小球，看谁能像海豚那样先用鼻尖顶到那颗小球，就是赢家了。他有时还会摆出蝶式、仰式或自由式的泳姿，就像在炫耀自己的灵活身手。

在前往美方实验舱的途中，他必须穿过西面的后勤舱通道，当然也会经过许多太空迷熟知的 LU-3 后勤舱。阿哈努停在 LU-3 后勤舱的门前，好奇地端详着舱门旁的通行面板，上面除了有一台玻璃面的多重指纹扫描仪，旁边还有一片触控屏幕。

他将手伸进了扫描仪，不过屏幕上却没有任何反应。

也就是说，就算他用偷偷带上来的红外线感温镜头手机背盖拍到任何一位组员在屏幕上按下密码后的余温，再通过色温的差异得知密码数字的顺序，也无法打开那一道舱门。

因为美国组员在键入密码之前，必须先扫描五根指头的指纹，如果指纹不符，屏幕上根本就不会出现输入密码的触控键盘。

他沿着后勤舱通道继续飘浮着，经过了 LU-2 和 LU-1 后勤舱，不过那两间舱房倒是和站内许多储藏室一样，只有两扇白色的简易帆布门，舱房内则囤放了许多补给物资与装备。

阿哈努有一点纳闷儿，如果这条后勤舱通道上有那么一间美方储存与收发机密文件的 LU-3 后勤舱，那为什么通道上却连一台监视器都没有？

他穿出通道进入二号节点舱后，便左拐来到了南面的服务舱。他顺手按下了 GoPro 的摄像按钮，将头伸进位于地面上的费曼实验舱舱口。

“贝拉蜜！贝拉蜜……”他喊了几声，才发现舱内空无一人。

阿哈努环视着那间不算大的舱房，才发现原来微重力实验舱的景象并不如他想象的那样，是个充满试管、烧杯或定量瓶的地方，反而全是一些大大小小猜不出所以然的电子仪器。

他向服务舱的另一端划去，同样将头伸进施温格实验舱又喊了两声，不过里面依然没有人影。他索性穿出服务舱划进了起居舱，也没有在贝拉蜜的寝层找到她。起居舱的尽头左转就是东面的一号节点舱，它连接的有用餐区域、日方的朝永实验舱和欧洲的多间迷你研究舱。

他在那几节舱房喊了好几声，都没有听见贝拉蜜的回应。阿哈努不觉得贝拉蜜会在东面的舱房里，至少并没有闻到她散发出的那种苹果肉桂或乳香没药的气息。

整座空间站内反而有一股淡淡的香甜味，类似小时候祖母常会使用的那种鼠尾草的气味，那是北美原住民用来清洁空气焚烧的一种香草植物。不过对阿哈努来说，这种鼠尾草的气息通常暗示着“拯救”或“求救”。

他心中突然泛起一丝不祥的预感。

他从西面舱房一路划来时，也没有在二号节点舱的健身区见到她，难道她会在 LU-3 后勤舱内整理实验报告？不过，今天是星野第一次体验太空行走，这对他来说是多么重要的大日子，与他相识又同梯队的贝拉蜜怎么可能会独独缺席？

阿哈努回到了 LU-3 后勤舱的前面，用手掌拍着那扇金属的舱门，并且唤着她的名字。他不敢确定有舱内的隔音设备在，声音是否传得进去，不过至少应该感觉得到他拍门时的震动吧。

“索西先生，你这是在干什么？”

后勤舱通道尽头传来艾登的声音，他缓缓地从远处划了过来。原来他还在气闸舱外，监视着仪表板上的氮含量指数，以防有任何突发状况发生。

“我在两个实验舱和起居舱都没有找到贝拉蜜，只是在想她是不是在里面？”阿哈努故意露出无辜的表情，假装自己对 LU-3 后勤舱的机密性一无所知。

“如果她真的在里面处理实验报告，那么你还是不要打扰她吧！况且，这一间后勤舱……是游客止步的禁区。”

艾登的语气虽然非常缓和，但是阿哈努还是嗅出他身上那种“怀疑”与“不满”的气味，就像是北美麝鼠的麝香味。

“一整个早上都没有见到她的踪影，就连星野第一次体验太空行走她也完全不闻不问，你难道不觉得非常奇怪吗？”阿哈努问。

“奇怪什么？”

“譬如说，才刚刚登站没几天的新晋组员，因为失重环境的适应不良而产生太空病的头痛、眩晕或恶心症状，然后一个人昏倒在不容易被发现的舱房里，叫天不应、叫地不灵……”

虽然阿哈努说得有点夸张，但是这些状况的确有可能发生。

艾登犹豫了半晌，才挥了挥手将阿哈努支到稍远的距离，随即将手掌放在玻璃面的指纹扫描仪上，背对着他快速输入了好几个数字。

那扇舱门并没有任何反应。

艾登歪着头愣了一下，确定舱门应该是从里面被反锁了，才马上又输入另一组紧急密码。当 LU-3 后勤舱被打开时，里面居然一片漆黑，艾登拨了门旁边的电源开关后，舱内才终于灯火通明。

不过，站在舱门外的艾登和阿哈努却不约而同地倒吸了一口气。

艾登几乎是以一种迅雷不及掩耳的速度马上将那扇舱门关上，他倚在门前，睁着充满血丝的双眼，双唇还微微在颤抖着。他和通道上的阿哈努对望几秒后,目光顿时停在他头上的那台 GoPro 上，接着就一个飞扑朝着阿哈努划去，将那台多功能摄像机用力扯了下来。

“这鬼东西怎么关掉？快关掉它！快关掉……”他暴怒地喊了出来，根本顾不得眼前这位太空游客是花了几千万美元登站的金主。

阿哈努将 GoPro 抢了回来，用力按下了停止录像的按钮。

但是他心中非常清楚，刚才 LU-3 后勤舱内的骇人景象早已通过卫星网络传回公司的影音串流服务器里，并且以同步的速度呈现在地球上许多使用者的眼前。

也就是说，许多媒体与观众早已目睹刚才那一段慑魄惊魂的实时影音了！

第七章

UTC 协调世界时，二〇一八年四月十四日。

俄罗斯莫斯科市，国家杜马下议院议员办公大楼。

电视里正播着 CIR 第一频道的头条新闻，画面是一段翻拍自网络的影片，虽然许多段落都被打上了马赛克，不过还是可以看出地点是在环球空间站的某个舱房。

新闻主播语气谨慎地播报着："这起命案发生在环球空间站的 LU-3 后勤舱内，该处为美方处理机密研究数据的舱房，平日只有美籍组员才能进出。死者为三十八岁的女航天员贝拉蜜·罗宾森教授，她是美国小有名气的物理学家，四月九日才刚搭乘珀耳修斯号登站……"

影片中可以清楚看到艾登站在 LU-3 后勤舱口的背影，而摄像机的位置应该就是阿哈努头上的那台 GoPro，这些影像或许是媒体截录自当时的网络转播画面。

"……由于画面过于血腥，我们必须加上马赛克处理，只能口头说明命案现场的情况。就如大家所熟知的，空间站是个微重力的加压空间，因此当时罗宾森教授的遗体是飘浮在 LU-3 后勤舱内。她穿着一套红色的运动服，脸孔与身体面向舱顶，可是四肢却软软地垂着……”

主播停了几秒，让观众观看那段循环播放的影片，然后带着遗憾的口吻继续道：“最令人震惊的是，死者身上不知哪里有刀伤或撕裂伤，血液不断从伤口溢了出来。在微重力的状态下，那些流出的血液凝成一颗颗的血滴飘浮在遗体四周，整个舱内几乎布满了几百颗的血红珍珠……”

尤里·安东诺夫坐在办公桌前，盯着平板电视上的回放画面，脸色依然震惊不已。当女主播形容着贝拉蜜遇害的景象时，他脑海中所浮现的却是当年布莱恩在密室里的场景。

他怎么可能忘掉那些惊悚的记忆片段？当他和其他组员拿着回收的床单和睡袋，在 LU-3 后勤舱内吸附着那些飘浮的血珠时，它们仿佛飞蛾扑火般投进白色的床单上，然后化成无数的圆形血斑，霎时将床单染成一片深红色的布幕。

他们用了好几张床单才将那些恐怖的血珠完全吸附掉，可是又怕伤口会继续涌出血珠，沾染到空间站上的电子仪器，只好用睡袋将布莱恩的遗体包裹得像木乃伊，几位组员才半飘半跌地将他移往起居舱附设的医疗区。

那些画面至今依然会出现在梦中，毕竟他从来没有与一具尸体有过如此近距离的接触。

尤里办公室的门响起了敲门声，他的女助理欧珈捧着一台平板电脑匆匆走了进来：“议员，我已经联络到空间站上的组员了！”

欧珈切换了墙上平板电视的信号源之后，划了一下平板电脑上的视频，影像马上跳到电视屏幕上，画面上有一位穿着白色T恤的男子正盯着镜头。尤里一眼就认出他所在的位置是阿尔戈功能舱——那个他曾经待过半年左右的狭窄舱房，而那位航天员则是第三十五梯队的尼古拉·利夫希茨，也是他的远房侄甥辈。

“利夫希茨先生，安东诺夫议员已经在线了，请说！”

“尤里叔叔……”

尤里等不及尼古拉将话说完，就马上插嘴问道：“我已经看过新闻报道了，现在上面的情况到底如何？”

“哦……那起命案发生至今已经六个小时了，目前一切都恢复正常运作，只不过原本要进行的太空行走因此被迫取消。这六个小时以来，我们也协助美方拍照与录像搜证，虽然那些飘浮的血液已经清理干净了，不过命案的现场大致还是维持原样。根据美籍组员刚才的汇报，还好血滴并没有沾染或损坏到LU-3舱房内的计算机与电子设备。”

“死者的情况如何？执行流式细胞分析仪的远程诊断了吗？”

“美方休斯顿的医疗小组说，血液里并没有检验出任何疾病、病毒或毒物的反应。他们通过多重摄像机检视，初步判断致命原因可能是死者遭受外物重创后昏厥，而撞击后的伤口又不断大量失血致死。”

“伤口？伤口在哪里？”尤里问。

“我们之前也找了好久，扫描后才发现伤口是在贝拉蜜的头发里，也就是头皮上有一道约三至五厘米的伤口，虽然并不是很大，可是看起来深及头骨！可能连骨盖都碎裂了！”

尤里顿时愣住了。因为，贝拉蜜的命案和布莱恩之死根本如出一辙，同样的舱房、相同的死状与陈尸状态，就连致命伤口也在相同部位。只不过并没有多少人知道，在二〇一〇年初的LU-3后勤舱内，也曾经发生过一起命案。

他沉默了良久，才继续问道:“休斯顿那边有没有提到如何进行调查？”

尼古拉的语气不是很肯定地回答:“目前为止并没有听说要怎么调查，毕竟这一航次的宇宙飞船才抵达没几天，就算派遣专业的鉴识人员上空间站，也要等到几个月后的下一个航次。不过休斯顿已经指示，先将贝拉蜜的遗体做真空处理，等待运回地球……”

尤里的脑海中突然闪过布莱恩被套进太空服里的画面，真空设备抽出太空服内的空气、再充入氮气及混合气体时那种窸窣的声音至今犹在耳际。

“怎么运输？”他的心中涌起一股暗潮。

“应该就是用几天后返航的伊菲克勒斯七号吧！”

又是伊菲克勒斯号？尤里觉得事情越来越蹊跷。上一次运回布莱恩的遗体时，同行返航的伊果与雅各布全都丧命了，难不成这一次又会重蹈覆辙？他开始有一种不祥的预感。

“这一次返航的组员是哪几位？”

“两位，第三十四梯队巴西籍的拉斐尔和俄籍的瓦西里，还有一位太空游客。”尼古拉突然压低声音说，“虽然美国国家航空航天局至今尚未正式公布，是否会安排鉴识人员上来调查，不过，我们这里已经有人开始在收集整起命案的所有线索，刚才还在阿尔戈功能舱里调阅监视器画面……”

“是哪个国家的航天员？”尤里问。

“不是空间站上的组员，是那位加拿大的太空游客！”

“你是说，那位叫阿哈努的原住民富商？”

“没错，他说自己既不是空间站的组员，也不隶属任何国家的航天机构，有绝对的立场可以代表地球上的观众追查这起命案的真相。他还说，每一位纳税人都应该有知情权。”

尤里不禁嘟囔着尼古拉最后的那句话：“知情权……他问了你什么事情？”

尼古拉的语气有点不以为然：“他要我和瓦西里交代进入气闸舱前的十二个小时，到底在哪里、做过哪些事情。他还说这是一起典型的密室杀人案，而且还可能是史上海拔最高的一个密室！”

尤里右手托着下巴，轻抚着唇上那两撇八字胡，沉思了好几秒后才缓缓抬起头说：“你现在能不能请那位富商来阿尔戈功能舱一趟？但是绝对不要让任何人知道，尤其是……美籍组员们。”

“好的，那么我先将视频画面挂掉喽。”

尼古拉挂掉视频后，尤里顺势挥了挥手将欧珈支出办公室。他将办公椅转向背后的落地窗，一个人静静地凝视着窗外鳞次栉比的莫斯科天际线。

他突然想起什么，起身走到墙角的档案柜，拉开了最底层的铁抽屉，取出抽屉中一个小小的金属盒。他拨着上面的密码转轮，没几秒就打开了盒子，里面装着一些他参与俄罗斯航天任务时的证件、吊牌和奖章，最底层则压着一个信封袋。

他摇了摇信封袋，将里面的物品倒在办公桌上，几张有点发黄的照片散了出来。

那些照片的分辨率并不是很高，似乎是用打印机打印出来的，照片里的影像和刚才电视新闻中的场景类似，但是没有任何马赛克。那是 LU-3 后勤舱内的景象，其中还有两张照片布满了无数的暗红血珠，其余的画面则是血珠被清理后的场景。

照片里唯一的共同点就是舱房中间都飘着一具尸体，不过画面上的死者并不是贝拉蜜，而是八年前也在 LU-3 后勤舱遇害的布莱恩。这些照片就是当年伊果要求雅各布所拍摄的命案现场。他本来还以为雅各布将这些影像上传给休斯顿后，就将相机里的 SD 记忆卡抽出来带走了。

一个多月后，他检修一台出故障的公用广角相机时，发现相机是被不明液体渗入，造成内部芯片受潮。他打开机壳后才发现，其中一片 IC 板上有些深褐色的斑点，他才怀疑那可能是雅各布拿到 LU-3 后勤舱拍照的相机，结果不小心沾染到布莱恩的血珠，而渗进相机的电子零件中。

不过最让他吃惊的是相机修好之后，他正准备格式化 SD 记忆卡时，却误触了修复记忆卡扇区的功能，而不小心将许多早已删除掉的照片还原了，其中还包括了这一组布莱恩命案现场的搜证照片。

原来雅各布并没有将 SD 记忆卡带走，可能只是用 USB 传输线将相机上的照片传到公共笔记本电脑，直接上传给美国国家航空航天局，自己顶多再用 U 盘备份。最后只是将相机内的相片手动删除掉，甚至也没有将 SD 记忆卡做完整的格式化，才会无意间被他从扇区里还原了出来。

他将那几张影像压成一个加密的 ZIP 压缩文件，随性地上传到他与家人存放生活照的云端服务器里。直到几个月后他返回地球，才在家中将那个压缩文件从云端下载回来，再将云端上的原始备份删除掉。

他也不知道为什么会将它们打印出来。也许是对那起命案的好奇心使然，抑或是内心深处也曾闪过许多航天员常会有的念头，就是等哪天退休撰写自传时，这几张附在书中的未曝光照片搞不好会让他的著作有些爆炸性的话题。

这么多年以来，他不断检视所有的记忆片段，他相信当时的组员中肯定有一个是杀害布莱恩的凶手。然而存活下来的三名组员——日籍的田原、瑞典籍的阿尼和俄籍的他，却都不能自由进出美方的 LU-3 后勤舱！

难道凶手真的会是他们曾经怀疑的美籍组员雅各布？只不过在伊菲克勒斯号返航失事后，当时的嫌疑人与死者全都巧合地葬身于爆炸中，一切就那么灰飞烟灭了。美国国家航空航天局在得知伊菲克勒斯号爆炸的消息后，也就顺水推舟地将布莱恩的死因列为在那场爆炸案中为国殉难。

如此也刚好让美方有机会隐瞒当年那起航天员的命案，并且促使日本、欧洲与俄罗斯的三个太空联盟机构要求田原、阿尼和他签下那一纸保密条款。美其名曰要维护这项国际太空计划的声誉，背地里却残忍地湮灭了那起发生在环球空间站上的谋杀案。

如今这一起空间站命案的影像意外地呈现在媒体与观众的眼前，美方完全纸里包不住火，也无法像当年那样只手遮天。但是，尤里不敢确定，八年前那起伊菲克勒斯号的爆炸事件是否也会那么巧合地历史重演。

如果这起命案少了关键性的死者遗体，那么所有能够采集的科学鉴识证据也将会像当年那样烟消云散。一桩没有遗体的谋杀案、一处远在地球轨道上的命案现场，很快就会从一宗天天报道的热案转为一宗案情胶着的冷案，最后还可能会被世人完全遗忘。

他该如何去阻止呢？

也许，就像几个月前田原寄给他和阿尼的邮件中所提到的，当年他们签下那纸保密条款时，就已经成为那一起命案的共犯了！他们以为自己是顾全大局、维护荣誉的太空英雄，其实却只是助纣为虐、为虎作伥的伥鬼！他们是让布莱恩的命案无法水落石出的帮凶，也是让死者的双亲、遗孀和子女承受痛苦的元凶。

田原语重心长地写道："假如我们曾经极力要维护的那份航天荣誉只不过是造就了凶手的逍遥法外，抑或是无意中协助了他拓展个人的私心，那么，我宁愿放弃那份所谓的荣誉，也不愿意继续去面对这种良心上的煎熬！"

他到今天才体会到田原那番话的真意。

如果他们曾经下定决心站出来，联手揭发布莱恩命案，让一切能够重见天日，那么就不会发生这一起新的谋杀案。他们已经错过机会给布莱恩的家属一个交代，在这个节骨眼上又怎么能为自己的荣誉而狠下心继续隐瞒下去？

就在他陷入挣扎的当下，平板电脑突然急促地响起。

尤里按下了触控屏幕上的接听钮，没多久墙上的电视又出现了尼古拉的视频画面，身旁还多了那位有点鹰钩鼻的年轻富商。尤里跟尼古拉讲了几句俄语，示意他先离开阿尔戈功能舱，直到确定舱内没有其他组员后，他才开口说话。

“索西先生你好，我是俄罗斯国家杜马下议院的尤里·安东诺夫，也就是二〇〇九年至二〇一〇年期间，参与过环球空间站第十八梯队任务的俄罗斯航天员。”

视频上的阿哈努眼睛突然一亮，仔细打量着那位西装笔挺的中年男子：“安东诺夫议员找我……是有什么事需要我效劳吗？”

尤里的表情有些许犹豫，八字胡底下的双唇甚至若有似无地微颤着：“我听说你正在调查空间站上的命案，我想……我这里有一些线索……或许可以提供给你参考看看……”

阿哈努的两道粗眉顿时扬了起来，随着尤里的娓娓道来，他的眼睛更是越睁越大。

当阿哈努结束和尤里的视频通话，刚划出阿尔戈功能舱没多久，就在二号节点舱和艾登迎面碰上。此时的艾登表情严肃，完全不像阿哈努刚登站时那般笑脸迎人。

他上下打量过阿哈努后才说：“你将那台多功能摄像机藏在哪里？可以请你先关掉吗？我有话要跟你说。”

“你一眼就看得出来，我现在根本没带在身上嘛！”阿哈努故做轻松状，还用双手拍了拍工作裤上的几个口袋。

艾登表情冷漠地说：“我是来转达休斯顿任务控制总部的指令，FCR1 控制室的卡林上校请索西先生停止介入环球空间站的这起案子，我们会自行派遣调查员与鉴识人员进行侦查！”

“等到什么时候？三个月或五个月后？下一航次的俄罗斯宇宙飞船吗？你也知道等到那个时候，几位有嫌疑的组员都返航了，LU-3 后勤舱的命案现场也被破坏了，还能查出什么所以然吗？”

“总之……你目前以太空游客的身份对六大太空联盟机构所属的航天员进行盘查，就已经超出你应有的权限了！”艾登的语气微愠，声调也渐渐提高。

阿哈努看着他的那副嘴脸，毫不留情就酸了几句：“什么权限？我的三千多万美元是捐给俄罗斯联邦航天局，也是在莫斯科的星城接受太空游客训练，更是搭乘俄罗斯的宇宙飞船登上环球空间站，请问这些和你们美国国家航空航天局有任何关系吗？”他停了几秒，才语带调侃地说，“况且，贵国现在哪有什么载人宇宙飞船？那么又该如何在第一时间将调查人员或鉴识人员送上来呀？你们简直就是在空口说瞎话嘛！”

“你不要仗着自己有些钱，就认为可以在环球空间站上为所欲为！”艾登几乎是吼了出来。

“烦请你转告汤玛士·卡林，即便我这位太空游客逾越了哪些权限，我想也应该由俄罗斯联邦航天局的官员来警告我吧？可是我至今并没有接获俄方的任何干预，那么你们美方又是以什么立场来警告我？”

“我再次以环球空间站指挥官的身份重申，请你即刻停止那些非专业的无谓调查！”

阿哈努从艾登身上嗅到一股极其强烈的罗克福奶酪[①]气味，对他来说这类浓郁难忍的蓝干酪气息通常象征着当事人愚忠、固执与食古不化的性格。

“我想该不该继续调查下去，应该由这六大太空联盟机构、

①罗克福奶酪，用羊奶通过青霉菌发酵而成，外观呈白色并布满均匀的蓝绿色纹路，气味强烈。

十五个国家的纳税人来决定才对！只有他们有权决定自己缴纳的税金是否该被用在正当与正义的航天任务上！”

“我只是依指令行事，你可不可以不要为难我！”

“艾登呀，环球空间站并非美国国家航空航天局所独有，如果你真认为休斯顿的指令或是你这位指挥官的说辞禁得起考验，那么刚才又为什么不愿意被我公开录像？”

阿哈努边说边从Polo衫的口袋里抽出了一支金笔，然后往空中抛了上去，金笔就像慢动作般缓慢地翻滚着，然后才又被他捞回手中。

“还有，我就算没有随身配戴GoPro多功能摄像机，并不代表我就不会携带数字录音笔哦！我既然是在帮全球公民进行调查，当然就需要随时录下所有嫌疑人的说辞嘛！”

“你这样做……太卑鄙了！”艾登的脸色顿时涨红，连眼白也几乎快充血了。

阿哈努自嘲地回答：“没办法，我终归还是个商人嘛！你也听说过所谓的无奸不商，我早就养成习惯随时录音存证，只是为了保护自己啦！”

他咔嚓按下金笔顶端停止了录音，脸色却突然沉了下来，然后低下头偏着脑袋看着艾登。

“你认为我要是将刚才的那段录音公开，那些在地球上关注此案的媒体或观众会认为这是一位指挥官在执行休斯顿的指令，还是一个嫌疑人正在阻挠案情水落石出？你不觉得这是在害你自己陷入泥泞中吗？”

艾登也不甘示弱地说：“你不用威胁我，要这么说……这座空间站上的七位组员和你这位太空游客，都称得上是杀害贝拉蜜的嫌疑人！你如此积极地调阅监视器存档，盘问组员们的不在场证明，难道不是企图将自己排除在嫌疑人之外？”

“艾登呀艾登……我说你还真是聪明一时，糊涂一世呢！贝拉蜜是死在你们美方专属的LU-3后勤舱里，只有美籍组员才能用五根指头的指纹启动那个输入密码的程序，而且门外与门内各有不同的密码。我想问你，还有哪个国家的组员可以进入LU-3后勤舱去杀害贝拉蜜？你认为地面上的那些媒体目前将矛头指向谁？”阿哈努双眼直勾勾地盯着他，“当然是艾登·库珀和蓝斯·史密斯嘛！你们这两位美籍组员就是目前大家心中的头号嫌疑人！你竟然还在这里阻止我追查线索，难道你不希望有人为你洗刷嫌疑吗？”

“那件命案真的和我没有关系呀……”艾登顿时语塞，不但态度没有刚才那么强硬，就连神色也开始带了点惶恐。

“脑袋终于清醒了吧？我只希望你能对我的调查睁一只眼闭一只眼，然后向休斯顿的任务控制总部汇报你已经将话带给我了，但是阿哈努·索西先生说，他只是个加拿大商人，并不隶属美国国家航空航天局，也没什么立场听从贵总署的指令。如果贵国的长官依然有什么意见，就烦请通过我捐款的单位——俄罗斯联邦航天局转达给我吧！”

艾登实在接不上话，只是面有难色地点了点头，然后转身准备往服务舱的方向划去。

“艾登！”阿哈努喊住了他，还勉强挤出了一个善意的笑容，“你放心，我会尽力而为，我相信……你并不是凶手。”

艾登表情茫然地点了点头，便继续朝着服务舱划去。

阿哈努倚在通道墙上，不经意叹了一口气。他多么希望相信艾登并不是凶手。这半天以来，他和每一位航天员都有所接触，表面上是闲聊、互相打气，骨子里却是在打探每位组员过去十二个小时的行踪。

他一直以为如果凶手是在这七个人当中，以他天赋异禀的敏锐嗅觉，肯定可以嗅出什么犯罪的气息。不过，他却没有在这些组员身上闻到什么浸过水的铁锈味，或是龙爪花被捣碎后的辛辣味。在他的嗅觉经验里，这两种味道通常会是罪犯散发出来的。

他唯一嗅出来的是，这七位组员所说的话句句属实，没有一个人说谎。阿哈努开始怀疑自己与生俱来的特异能力，是不是在登上环球空间站之后，被微重力的加压环境干扰了？

他曾经读过一则生物学家的研究报告，指出有许多植物的细胞在空间站的微重力环境下培育时，会长出比在地球上更大的花朵或果实，甚至在外观上也截然不同。而某些病毒的核酸分子也会因为迥然不同的重力，DNA或RNA的组合与结构出现变化，进而转变为另一种非细胞形态。

难道这些重力与加压的因素，也影响了他原本超强的嗅觉感官？

阿哈努主动介入贝拉蜜的命案调查，全是因为心中有一种莫名的罪恶感。他认为贝拉蜜之所以会死于非命，或许是因为自己向星野和贝拉蜜透露了如天使般发光的外星人和布莱恩生前写的那一首诗！

不然，以贝拉蜜刚登上空间站的新手身份，就连每一位组员都还没机会深入认识，又怎么可能会与人结怨而招来杀身之祸？除非是她无意中触及什么警戒线，才让某位组员燃起非要置她于死地的杀机！

难道贝拉蜜已经找到发光外星人的谜团，或是破解了布莱恩那首诗的寓意？

刚才听尤里讲述另一起发生在LU-3后勤舱的命案时，他的心脏狂跳了半晌！从尤里出示的那些旧照片看来，两起命案除了死者的性别不同，其他的相似度几乎是百分之百！

但是，二〇一〇年一月在环球空间站上的组员与二〇一八年四月的这一批组员完全不同，也没有任何人参与过前后这两次航天任务。既然没有重叠任务的航天员，又怎么会有如出一辙的杀人手法？

依照尤里的说法，布莱恩命案现场的五位目击者，排除返航遇难的伊果与雅各布，就只剩下田原、阿尼和他。那是一起没有被官方公开的杀人案，三位航天员也都签署过保密条款，并没有向外人透露过命案的细节，那么如今这起疑似盲目模仿的犯案，又是从何而来？

当阿哈努正纠结于千丝万缕的线索时，口袋里的迷你平板突然震了好几下。

他瞥了一眼屏幕，发现有一封标着红色惊叹号的“高重要性”邮件跳上了窗口。他用手指点了一下触控屏幕，那封信的内容随之被展开。里面只有短短几句话：

鲑鱼回游，通体红润，肥美卵满，丰收之祭即将展开。——因纽特石堆

阿哈努原本纠结的眉头与下垂的嘴角顿时全都飞扬了起来，脸上还露出他那微笑药师的招牌笑容。

第八章

UTC协调世界时，二〇一八年四月十五日。

环球空间站，东面舱房。

阿哈努刚走进一号节点舱后方的用餐区，就见到星野一个人落寞地倚在饮水机旁，手中还捧着一袋真空包装的照烧牛肉饭，看来应该是日方的航天厨房为日籍组员所准备的太空食品。

他刻意用不是很标准的日语喊了星野一声："星野！"

"嗯嗯……"星野只是含糊应了一声，又继续心不在焉地嚼着口中的饭。

阿哈努从他专属的食物格里拎出一个真空包，然后打气地说："看你的表情，那包日式烩饭好像不合你的胃口哦。要不要试试米其林星级厨师的枫糖切努克鲑鱼呀？"

星野并不如往常那般雀跃，双眼反而顿时红了起来，眼角还不经意滑下了一行泪，可是马上就被他用手背给偷偷擦掉了。他或许是想起在约翰逊航天中心，他们三个人一起在太空食品实验室试吃那些高档太空食品时的点点滴滴。

“我和贝拉蜜认识两年多了，在不同的太空联盟机构的集训场合都曾搭档过，算得上是非常有默契的同梯队组员。虽然她的年纪比我还轻，可是人生历练却比我丰富太多了，因此私底下总是将我当成个小弟弟来看待。”他红着鼻子，有感而发地继续说道，“我从来没有想到……这份难得的友谊，竟然会在我们朝思暮想的空间站上结束！她拼命完成了毕生的梦想，结果这个梦想之地却成了她的葬身之地！”

阿哈努同情地凝视着他，可是没几秒又将脸扭开了。“星野，我了解你的感受，但是你还要在这个密封的空间站上待六个多月，眼前必须先克制住自己的情绪。我可不希望你将这种忧郁无止境地扩散，没多久就被迫提前结束任务回地球。”他一边说着话，一边将手中的真空包放进加热器里，眼角还偷偷瞄了星野两眼。

阿哈努并不是没有星野那般多愁善感，而是他此时此刻的脑海中有太多的信息。他这两天辗转得到维特和尤里提供的信息，当中甚至包括了田原和阿尼那边的线索。它们仿佛一片片飘浮在微重力中的拼图，阿哈努必须非常专注地将那些蛛丝马迹一个个连在一起，如此才能解开贝拉蜜被杀害的前因后果。

“而且，我可能还需要你的协助呢！”

“我？你是指调查贝拉蜜的命案？”星野问。

他点了点头，又说：“你还记得我跟你们提过的那位维特·托夫斯基吗？我派出去的人终于找到他了！”

“你是说伊果·托夫斯基的儿子，那位在美国参加研讨会之后就突然失踪的俄罗斯航天工程天才？！”

“没错，我为了寻找人间蒸发的维特，特地动员了美加两地多个结盟部落的长老与族人，成立了一个代号为‘因纽特石堆’的狩猎任务，还将捕猎的目标命名为‘鲑鱼’！你知道光是美国本土有多少原住民吗？”

星野摇了摇头。

“至少五百万人口！这次所有结盟的印第安部落以接力的方式，派出族人使用网络人肉搜索或传统人脉追查。从西岸华盛顿州的斯波坎部落，一路经美国中部的几个部落，直至东岸纽约州的莫霍克部落，分头轮番上阵。最近，几位莫霍克的长老终于在布鲁克林找到了那条迷途的鲑鱼——维特·托夫斯基！”

“太厉害了！”星野的眼睛突然亮了起来，“原来你们还有如此天罗地网的结盟部落。我倒是听过‘因纽特石堆’这个原住民名词！就是前几年加拿大冬季奥运会时出现在冬奥会标志上的那种人形石堆吧？听说它是你们北美原住民用来引导迷途者或孤魂的‘指引之石’？”

“你连这个都知道？没错，我想这次也是因纽特石堆指引我们找到了维特！”阿哈努突然停了下来，确认前后舱口都没有其他人后，才压低声音继续道，“他自从失踪之后，就一直在追查如天使般发光的外星人，甚至暗地里联络到了当年的空间站组员。”他脑海中闪过尤里传来的那些密室照片，语气慎重地说，“布莱恩并不是在返航爆炸中身亡的……”

“怎么可能？那么是在哪里？”

“在 LU-3 后勤舱！这是当年驻站的俄籍组员尤里·安东诺夫提供给我的线索。”

星野张着大嘴完全接不了话。

“维特也发现，伊果当年在密文中提到的‘如天使般发光的外星人，或许根本就不是什么天使或外星人！因此，他将所有收集到却无法理解的线索全都汇集成一个文档，通过莫霍克的长老转发给了我。维特认为或许只有远在轨道上的我，才能将这些凌乱的拼图凑在一起。”

这一连串的信息让星野有些头晕眼花了，他歪着头疑惑地问阿哈努：“那么……我到底能帮上什么忙呢？”

“那可多着呢！你先到服务舱找一份空间站的平面配置图，我待会儿就在穹顶舱和你会合。”阿哈努说完后，低下头从真空包里叉了一块枫糖切努克鲑鱼放入口中，脸上缓缓浮现起一丝满足的微笑。

星野拨了一下舱壁正准备飘走时，表情还是有点纳闷儿：“你跟我说了那么多，难道你不怕……我可能就是杀害贝拉蜜的凶手吗？”

阿哈努并没有抬起头，只是自顾自地继续吃着手中的鲑鱼，然后半闭着眼睛幽幽地说：“唉，你那种沸水煮芋头的气味那么浓烈，实在不太像杀人凶手会散发的气息，说是跟踪狂或暴露狂还比较有可能！”

星野听了虽然有些尴尬，但还是很好奇地问：“那么，以你那种超强的嗅觉，难道闻不出空间站上哪位组员才是凶手吗？”

阿哈努并不想告诉星野，他在微重力的加压空间里，那种对人、事、物的敏锐嗅觉好像也变得没有那么神奇了，目前还真的没有嗅到任何罪犯的气味。“就算我像只警犬那样，告诉大家我闻出真凶是谁了，你认为有人会相信我的话吗？我们还是得将所有的线索转化为证据，才能让那个凶手输得心服口服！”

环球空间站，西面舱房。

当星野拎着几张平面配置图抵达二号节点舱时，加籍的柯瑞正在跑步机上例行运动，不过他的视线正好奇地望着节点舱的角落。因为，阿哈努正以一种倒栽葱的姿势，攀在角落的穹顶舱口。

星野和柯瑞打了声招呼后，便划到阿哈努身旁。

阿哈努上下左右仔细端详着那座往外凸的六边形舱房，没多久才纵身沉了进去。星野趴在舱口观察着他的一举一动，没多久才轻声问道：“这个地方有什么可疑吗？”

“这个舱房或许隐藏着布莱恩那首诗的关键，他可能就是在穹顶舱内写下了那些奇怪的诗句。”

“你怎么知道这里是关键所在？”

阿哈努瞟了一下星野身后的节点舱，将食指放在双唇上：“是那条回游的鲑鱼带回来的鱼卵……说的。”

星野的表情似懂非懂，不过倒是意会到阿哈努是要他提防隔墙有耳。

阿哈努飘到了穹顶舱的那几扇舷窗前，目光停留在珀耳修斯号和伊菲克勒斯号上。假设诚如维特在文档中所提，诗中的天之子就是希腊神话中宙斯的儿子珀耳修斯和赫拉克勒斯，而地之童则是底比斯国王的皇子伊菲克勒斯，那么诗句中其他的事与物又代表着什么呢？

阿哈努心中默念着那些诗句，观察着窗外的一景一物，最后也同样地将视线落在那座白色的机械手臂上。

阿哈努回过头问星野："左边那具是你们日本的机械手臂吗？"

"不是，是加拿大的。"星野回答。

"它的基座关节是和哪个舱房对接？"

"应该是服务舱吧？我再确认一下……"他翻着那几张在微重力中散得像花瓣般的平面配置图，随后非常肯定地回答，"没错，就是在服务舱西端的下方！"

阿哈努二话不说双脚一蹬，几乎像超人般飞出了穹顶舱，然后穿过二号节点舱飘到了隔壁的服务舱内。星野见状也赶忙收拾起手中那一团扬起的纸花，跟着他划到了隔壁。

两名美籍组员刚好也在服务舱里，艾登应该正在指导蓝斯如何操作笔记本电脑上的某个分析程序。阿哈努连招呼都没有打一声就径自飞到舱房的西面，掀起了最尽头的那一片帆布地板。

"索西先生，你这是在干什么？！"蓝斯从另一头迅速划了过来，还用双手压住了那片帆布，语气恼火地喊着，"你也未免太夸张了吧？这底下可都是精密的机械设备！"

阿哈努什么话也没有回，只是抿着嘴角，双眼直勾勾地望着远处的艾登。

"蓝斯，你先到施温格实验舱处理一下刚才休斯顿交代的那几项实验报告，这里就交给我来处理吧！"艾登刻意避开了蓝斯的目光，一边说话一边抄写着笔记本电脑上密密麻麻的数据。

蓝斯皱了一下眉，索性松开了手中的帆布地板，飘回刚才的位置上收拾着磁性桌面上的物品。当他正要划进施温格实验舱前，还在艾登身后嘟囔了一句："你知道自己到底在干吗吧？"

艾登并没有回答。

直到蓝斯离开之后，艾登才合上笔记本电脑，缓缓往二号节点舱划去，就在经过阿哈努和星野身边时，还从舱壁的魔术贴工具板上摘了一盏小型的探照头灯，顺势递给了阿哈努。他叹了一口气道：“我人不在这里，什么都没看见，什么也不知道。”然后就穿进隔壁的二号节点舱，往后面的几个舱房飘去。

星野扶着那片轻飘飘的帆布地板，看着阿哈努迅速戴上那盏头灯，一溜烟又是一个倒栽葱，往地板下的洞里钻了进去。

阿哈努确定这里应该就是布莱恩提到的“恶魔左手之关节”，或许那个所谓的“希望的星芒”也在里面。他吃力地在窄小的管道里匍匐前进，还生怕越往里面会越窄小。毕竟以他高大的身形而言，他觉得自己几乎像是一头塞在蛇腹里的大象。

正当他奋力往里爬的途中，发现壁上专线的两个金属钩上有些像棉絮的东西，他伸手取了下来，放在头灯下仔细端详。那是一撮鲜红色的棉质纤维，他突然想起贝拉蜜在遇害时穿的就是这种材质的红色运动服。

原来贝拉蜜已经早他一步发现了“恶魔左手之关节”！难道她是在这里找到了什么，才给自己引来了杀身之祸？阿哈努的呼吸与心跳顿时加快，因为就在他发现棉絮不到半米的墙面上，有一个两寸左右的小洞，洞口还有一块被硬生生转开的小铜片，铜片就那样悬在一颗小小的螺丝上。

阿哈努将灯光照在铜片上，上面的图案他并不陌生，那是加拿大国家航天局的官方标志。当他留意到圆形的标志上那些十字星芒后，霎时吁了一口长长的气，他更确定冰雪聪明的贝拉蜜早已寻获“希望的星芒了”！

他将手指伸进那个小洞里捞了半晌，却什么也没有摸到。他相信星芒底下的关键物是被贝拉蜜取走了！可是，她到底在这小洞里发现了什么东西？为什么布莱恩藏在这里的物品会令贝拉蜜招来与布莱恩如出一辙的命案？阿哈努翻过身半飘在管道里，陷入了毫无头绪的沉思。

阿哈努与星野离开服务舱后，马上转往阿尔戈功能舱，因为那里储存了空间站上几个主要区域的监视器录像存盘。虽然他之前早已来过这里调阅案发前十二小时的录像画面，可是他现在觉得，也许应该将时间点再往前推，也就是确认贝拉蜜进入“恶魔左手之关节”的时间点。如果他的推断无误，或许可以从录像判断出她从管道中爬出后，到底还带走了什么东西。

不过调阅的结果却让阿哈努忧喜参半。

他和星野将监视器的时间点回溯到四月十二日。那天贝拉蜜大约是在晚上六点半离开费曼实验舱，并且回到寝层换上那套红色的运动服。直到七点钟才进入二号节点舱的健身区，进行例行的肌肉伸展运动，当时巴西籍组员拉斐尔也在现场。

七点半，她和拉斐尔交换了运动器材。八点十五分，拉斐尔结束运动离开了健身区，二号节点舱只剩下贝拉蜜一个人继续在踏步机上运动。

八点半，贝拉蜜结束了运动，正准备往起居舱或用餐区飘去时，却在穹顶舱口停了下来，她朝里面探了探头，然后就缓缓划进了舱内。

十多分钟后，她从穹顶舱飘了出来，神色有点慌张地往服务舱划去，还和美籍组员蓝斯擦身而过。当时是用餐及休息时间，因此服务舱里刚好没有人留守。

正如阿哈努推测的，贝拉蜜掀开了舱内西向的那块帆布地板，径直钻进了底下的管道。大约十五分钟后，才见到她从地板下爬了出来，并且将帆布地板盖回去。

阿哈努不断回放这段画面，却没有发现贝拉蜜手中有任何明显的物品。

八点五十五分，贝拉蜜回到起居舱的寝层，将寝层的帆布门拉上后就没有再出来过，连晚餐也没有出来吃。

直到凌晨一点多，所有组员都入睡后，她才悄悄地划出自己的寝层，穿过了起居舱、服务舱、二号节点舱，往西面后勤舱通道的方向飘去。

那也是贝拉蜜在监视器存档中最后的身影。

西面的舱房除了储藏装备的 LU-1 和 LU-2 后勤舱之外，还有机密舱房 LU-3 后勤舱，以及尽头的气闸舱。下层则有回收舱和连接东面舱房的三号节点舱。美方基于机密舱房有密码出入的安保考虑，从 LU-1 后勤舱之后就不再架设监视器，以避免进出 LU-3 后勤舱的通行密码被监视器一览无余。

不过可以确定的是，贝拉蜜应该是进入了 LU-3 后勤舱，毕竟那也是她后来陈尸的地点。只是阿哈努想不通，她为什么要在那个时间点来到西面的舱房？又为什么要将 LU-3 后勤舱从舱内用密码反锁起来？

如果 LU-3 后勤舱的舱门已经从内部被反锁了，美籍组员以外的任何人就算有通行密码，也无法以指纹启动密码盘的窗口输入密码，更遑论可以进入舱内杀害贝拉蜜了。

假设凶手是美籍组员艾登或蓝斯，他们的确可以在LU-3后勤舱外使用紧急密码打开从内部被反锁的舱门，然后在舱内杀害贝拉蜜。但是行凶之后，他们又该如何在离开舱房、关闭舱门后，又从舱内键入那一组反锁舱门的密码？

阿哈努记得非常清楚，他和艾登发现贝拉蜜遇害前，的确目睹艾登将五根指头伸进扫描仪里才启动了密码盘的窗口，他键入了通行密码后，舱门却完全没有反应。

从阿哈努当时站的位置无法窥视到密码盘的窗口画面，也许上面显示了舱门是从里面被反锁的提示，艾登才会键入另一组紧急密码，从舱外开启了被内部反锁的舱门。

他曾经想过，这或许根本就不是什么密室。贝拉蜜也可能是在西面的任何一间舱房，被任何一个国籍的组员杀害，然后再拖着她的尸体来到LU-3后勤舱外，使用贝拉蜜的指纹启动密码盘，再输入从任何管道窃取来的通行密码，最后再将她的遗体移进LU-3后勤舱内，制造出密室杀人的假象。

但是没多久他又推翻了自己的假设。因为同样的问题又出现了，凶手该如何在离开舱房、关闭舱门后，还能从舱内输入反锁舱门的那道密码？

“凌晨一点之后，艾登和蓝斯都睡着了吗？”阿哈努喃喃自语。

他和星野对望了几秒。星野马上从硬盘里调出了起居舱的存盘影片，然后转着面板上的那只飞梭钮回放。

“四月十二日晚间十一点半，艾登首先回到自己的寝层，十多分钟后蓝斯也爬进了寝层。两个人的帆布门上分别透着些许蓝光，或许是在使用笔记本电脑或微型计算机吧。不过快接近十二点时，两个人的寝层就暗了下来。直到四月十三日凌晨一点多，贝拉蜜划出了自己的寝层……”

“先不要管贝拉蜜，继续留意艾登和蓝斯的动静。”阿哈努的手按着星野的肩膀，聚精会神地盯着起居舱的那两扇帆布拉门。

星野看着时间轴上快转的数字，念着：“一点十五分……一点三十分……一点四十五分……两点整，还是在睡觉……两点十五分……两点二十分……等一下，有动静了！”

阿哈努将脸凑近，仔细看着屏幕上那几个分割画面。

两点二十分，艾登突然拉开寝层的帆布门，手上还捧着一台空间站组员专用的微型计算机。几秒钟后，蓝斯也划出了寝层，和艾登一同离开了起居舱。

不过，他们并不是朝二号节点舱的西面舱房划去，而是停留在服务舱里。

艾登将手中的微型计算机递给了蓝斯，然后就飘到工作桌上的笔记本电脑前，开始在键盘上输入一连串信息。蓝斯也在另外一台笔记本电脑上，凝视着屏幕上好几幅波状的图表，还不时回过头向艾登汇报。

“你认为他们在干什么？”阿哈努压了一下星野的肩膀。

星野不以为然地回答：“应该没什么吧。通常会出现在航天员微型计算机上的，大多是指令通信员传来的信息。他们顶多是接收到休斯顿的指令，要他们处理什么数据吧。”

“是这样子吗？”阿哈努盯着录像画面上艾登和蓝斯的笔记本

电脑屏幕，可是画质并不是那么清晰，因此他和星野完全看不出个所以然。

不过，阿哈努的脑中却隐约泛起一阵极其微弱的味道，感觉就像是龙爪花被捣碎后，散发出的那种令人不愉快的诡谲气息。

第九章

UTC 协调世界时，二〇一八年四月十六日。

环球空间站，西面舱房。

星野飘浮在空荡荡的后勤舱通道内，莫名其妙地盯着气闸舱前的阿哈努，因为他正来来回回地在通道上穿梭着。这已经是第六趟了，阿哈努每一趟的表情都有点不一样，刚开始还是皱着眉头若有所思，没多久就开始露出一种自嘲的笑容。

“你难道没有听到吗？”阿哈努不着边际地问了星野一句。

“听到什么？”

阿哈努歪着头说：“一种低频音，类似……低音大提琴的急促擦音。”

星野停了两三秒，仿佛正竖起双耳聆听，然后才疑惑地摇摇头：“你听得到那种声音？”

“呵呵，当然没有听到！不过，第十八梯队的航天员田原孝介提到，他有一阵子时常在西面的舱房听到那种声音，但是除了他之外并没有其他组员能听到。刚开始他还认为是什么灵异现象，可是这几年他开始怀疑那可能是某种装置在高速运作时所发出的音频。”

“你知道是什么装置？”星野问。

“我目前还不敢确定，因此不能妄下断语。不过我问你，在每一梯队的航天任务中，通过宇宙飞船运上来的部件或舱房，除了研发制造的相关航天机构和你们这些执行对接工程的航天员需要深入了解它们的设计图或装配图外，其他几个太空联盟机构也会收到那些图纸吗？”

“基本上六大太空联盟机构都会收到新部件的详细结构图，作为训练旗下航天员维修与保养那些部件或舱房时的参考。尤其是与该部件连接的其他国家舱房，更会为安全考虑去全盘了解。”

阿哈努思索着：“假如有任何国家的航天机构运上来的部件与当初设计的结构有所差异，是否很容易就会被俄罗斯宇宙飞船的运输单位抓包与拦截？或是说……航天员是否有可能携带非官方认可的装置登上空间站？”

“那要看该部件改动的部分是否过于明显，如果只是内部机械微调所需要的小变更，那么俄罗斯的安检人员也不见得就能察觉出来。至于航天员是否可能携带什么非官方的装置，要看那具装置到底有多大吧。”

“哦……”阿哈努缓缓点了点头。

星野语气有点严肃地说：“不过这攸关六大太空联盟机构之间的默契与协议，要是任何一方被发现有增设违禁装置的企图，肯定马上就会被其他成员国谴责，甚至将被迫永久退出这项太空计划。”

“也就是说，如果某个航天机构要制造部件或舱房，肯定有些机械或电子装置需要发给外包厂商吧？那么这些厂商就有机会在仪器上偷天换日，不是吗？”阿哈努的手掌托着下巴，大拇指习惯性地抚着刚长出来的胡茬儿。

“也许吧。不过你问这些干什么？”星野问。

“没什么，就像我刚才提过的，维特认为伊果在密文中说的如天使般发光的外星人或是田原听到的低音大提琴的急促擦音，应该不是什么天使、外星人或灵异现象，而是那具不该出现在空间站上的装置搞的鬼！”

“你是指类似……激光动能武器？”

阿哈努摇摇头：“你是〇〇七谍战片看太多了！这年头除了那种类型的摧毁性武器，还有另一种源于大自然的现象，能达到不战而屈人之兵的野心。”

“大自然现象？”

“星野，现在需要你帮忙了！你去查一下从环球空间站升空以来，所有登站参与过任务的航天员名单里，到底有多少位是像你一样有着航天工程或机械工程的背景。请尽量动用你的渠道查一下，这些人现在都在哪里，又有哪几位仍在从事与环球空间站有关联的职务。最重要的是，这当中有谁和这几个梯队的航天员联系频繁！”

“哦……哦……好的！这可能需要花一些时间比对，不过我会请 JAXA 的地勤同事协助过滤。”

“那么越快越好，你也知道我的太空之旅剩下没几天了。”

星野比了个大拇指手势后，就径自钻进底下的三号节点舱。那座位于下层的节点舱，可以直接穿到东面的舱房，回到日籍组员的朝永实验舱。

此刻的阿哈努思维逐渐通透，也差不多能将维特收集到的线索一片一片拼凑在一起。他隐约猜出在这座跨国合作的空间站上，肯定藏着一具不为人知的神秘装置。而布莱恩诗中提到的“希望的星芒”可能也与这个装置有关，它或许就是两位航天员遇害的原因。

只要能找到铜片背后的那个关键物，也许那具不为人知的神秘装置和那两宗密室命案的杀人凶手就呼之欲出了！只不过，那个关键物现在到底在哪里？

他可以肯定两起命案的凶手不是同一个人，更不是什么模仿犯案。尽管杀人的手法如出一辙，可是二〇一〇年和二〇一八年的空间站上，根本没有重复参与任务的组员。

唯一能解释的就是，这两起命案有帮凶，而且背后都是同一位幕后主使者！

他脑海中检索着七位组员的不在场说辞以及监视器上的录像存盘，可是完全找不出任何疑点。因为在四月十三日中午太空行走的前置作业之前，根本就没有组员去过气闸舱所属的西面舱房。

时间再往前推至四月十二日晚上十点，也就是空间站组员陆续返回寝层后的时段。

俄籍的尼古拉与瓦西里一如往常地在俄罗斯的阿尔戈功能舱就寝。瓦西里与妻子视频通话了一个多小时，直到凌晨十二点十五分才熄灯入睡。这一点尼古拉也提到了，因为他们夫妇俩打情骂俏的对话，他根本无法入睡。

监视器上的录像存盘显示，他们两个人一直睡到清晨六点多才起床，直到中午十二点才前往西面舱房，气闸舱的监视器也拍到了他们穿戴海鹰太空服的画面。

加籍的柯瑞和巴西籍的拉斐尔则是在用餐区后段的两个寝层里睡觉。柯瑞十一点整就寝，然后一觉睡到天明。而拉斐尔曾经在凌晨三点半起床，划到了一号节点舱上洗手间，不到五分钟又返回寝层睡觉了。

他们俩都是在清晨六点钟起床，在盥洗与吃完早餐之后，就依照微型计算机上的指令，各自进入东面舱房的几个迷你研究舱工作。在艾登的催促下，于十二点半穿过下层的三号节点舱到西面舱房，在气闸舱里协助星野穿上舱外层空间服。

美籍的艾登、蓝斯和阿哈努、星野及贝拉蜜一样，下榻在起居舱的寝层。根据先前的录像画面显示，他们俩在零点就相继熄灯入睡了，直到凌晨两点二十分才突然接收到指令，划到了服务舱工作。

艾登表示，当时他们接到休斯顿的指示后，只是到服务舱启动人造卫星的信号端口，大约半个小时后就回寝层睡回笼觉了。他们也是在清晨六点起床，除了盥洗与早餐时间外，两个人一直都待在服务舱里工作。

直到中午十二点半，他们才到东面舱房的迷你研究舱，会同柯瑞和拉斐尔穿过下层的三号节点舱到西面舱房的气闸舱。三号节点舱的监视器也录到了他们四个人的身影。

至于日籍的星野，可能是隔天要进行第一次太空行走的任务，因此一直处于非常亢奋的状态。阿哈努除了曾听到星野的寝层内偶尔传来翻来覆去的细碎声，甚至还清楚地闻到星野认真时散发出的那种沸水煮芋头的味道，整个晚上都充斥在起居舱内。

阿哈努的嗅觉非常确定，星野除了兴奋得睡不着之外，完全没有离开过起居舱一步。星野起床之后，和阿哈努在一号节点舱内盥洗，然后在用餐区吃完早餐，之后就依照当天的指令进入朝永实验舱工作。

监视器的录像存盘也显示，中午之前星野都待在朝永实验舱里，直到十一点三十分，才回到起居舱与阿哈努到用餐区吃午餐。十二点十分，阿哈努回到起居舱的寝层穿戴上GoPro多功能摄像机，两个人便穿过服务舱、二号节点舱、后勤舱通道，抵达西面舱房尽头的气闸舱。

这七位组员在交代自己的不在场证明时，阿哈努完全没有在他们身上闻到任何说谎者常会有的紫苑花气味。如果他们全都没有说谎，那么贝拉蜜于凌晨一点多离开自己的寝层，一路向西面舱房划去后直到中午十二点，其间根本就没有其他组员到过西面舱房！

那么，凶手是如何杀害了贝拉蜜？又是如何制造出那起密室杀人案呢？

艾登和蓝斯飘浮在LU-3后勤舱前，对阿哈努的质问面有难色，却坚持不让他进入那间美方的机密重地。

“休斯顿已经说过了，会派鉴识人员与调查人员上来采集证据，在这之前就连我们也不能进入！”说话的是蓝斯，他依然重复着那些陈腔滥调。

阿哈努有点不耐烦地回答:“所以，如果休斯顿要等到三个月或半年后才能将所谓的专业人员送上来，你们就一直不打开这扇门？就连原本该在里面进行的任务也完全停滞？”他有点气不过，顺势将口袋中的迷你平板拿了出来,径直将屏幕亮在他们眼前。“最重要的是，你们就甘心在这遥遥无期的等待中，让地球上的家人去承受所有媒体对你们涉嫌犯案的报道？”

屏幕上的浏览器停留在一页重大新闻的列表上，上面全是密密麻麻的新闻标题，每隔几行就会出现艾登与蓝斯的名字，字里行间全是一些言之凿凿的耸动字眼。

蓝斯看着标题上那些模棱两可的遣词用字，双手不禁地握起了拳头，瞳孔里也闪过了些许愤怒。而艾登则是双眼无神地盯着屏幕，仿佛对这几天世人的质疑与指摘早已无动于衷了。

“如果你们不愿意和我合作也无妨！反正过几天我返航回地球之后，肯定又会被大批的媒体团团包围。你们觉得他们最关心的话题会是什么？当然是你们这两位嫌疑重大的美国组员嘛！不过话说回来……我压根儿没有任何调查结果，还真不知道该如何动用我的影响力来协助两位向各大媒体辩解哟！”阿哈努也知道自己的语气有点像在胁迫，随即叹了一口气道，“如果你们不让我进入 LU-3 后勤舱只是为了不破坏命案现场，那么至少可以让我在舱门外观察内部的情况吧？就算是为了自己的清白……和妻子儿女身心上的煎熬着想吧！”

蓝斯转过头，眼神悲愤地瞅着艾登。

没几秒后，只见他迅速将手掌伸进舱门旁的扫描仪，屏幕上缓缓浮现出一个密码盘。那并不是传统的十二宫格，而是许多像蜂巢般不规则的五角形按键。每一个按键上所显示的也不是阿拉伯数字，而是一般人比较容易混淆的罗马数字：Ⅰ、Ⅱ、Ⅲ、Ⅳ、Ⅴ、Ⅵ、Ⅶ、Ⅷ、Ⅸ、Ⅹ。

他毫不避讳地在阿哈努面前按下了触控屏幕上的几个按键，一旁的艾登并没有阻止他。没多久，那扇长方形的门像电梯似的由右往左敞开了。阿哈努对LU-3后勤舱的内部并不是太陌生，只不过如今的舱房少了贝拉蜜的遗体和那些密密麻麻的红色血珠。

阿哈努兑现了自己的承诺，只是飘浮在舱门外环视着内部的一景一物。这个高度与宽度仅有两米多的空间，看起来类似一个中型连接车厢的大小，左手边的墙是一面充满硬盘抽屉的数据库，上面偶尔闪烁着绿色或红色的小灯。

右边的墙面则有一排窄长的工作台，上面随意地摆着三台笔记本电脑。这面墙上除了有一些不知所以的管线与杂物之外，墙面的尽头还有一套内建式的视频屏幕，不过从嵌在墙面上的屏幕看来，那一套视频系统应该是上下颠倒的。

当然，在空间站微重力的工作空间内，并没有所谓的上下左右之分，每位航天员都可以随自己的喜好，将三百六十度内的任何一面墙当成是地面或工作区。

“原来这里也有一套内建式的视频系统？”阿哈努问。

艾登不疾不徐地回答：“这一套系统与公用的视频系统不同，它是通过美方的通信卫星传送与接收信号，而且采用的是封闭式网关通话，并不会被其他国家或火腿族[①]拦截到通话内容。通常是

①火腿族，无线电爱好者。

有高机密的会议时，才会使用这套视频系统与约翰逊航天中心的任务控制总部通话。”

“哦……了解！”阿哈努发现右边的工作台上还有一台很眼熟的机器，“咦，为什么这里还有自己的太空食品加热器和饮水机？你们不是都在一号节点舱的用餐区吃饭吗？”

蓝斯马上插嘴说：“也没什么特别啦！我们整理数据库的实验数据时，有时一待就是好几个小时，通常都需要盯着计算机屏幕看，直到所有的备份都没有问题后才能离开。因此前辈组员们才会在舱内放了这台机器吧。即便如此长时间在后勤舱工作，也不需要为了食物或饮料而进进出出。”

就在蓝斯说明的同时，阿哈努的目光停留在尽头舷窗下的地面上。整个舱房只有那一小片地板大约隆起了一寸多，他往上方相对的位置望去，顶上的天花板也隆起来类似的高度。

“舷窗前的地面和天花板是不是有什么特殊功用？怎么看起来和舱房内的其他墙面材质不同？”阿哈努问。

蓝斯撇过头望着艾登，感觉像是在征询他的意见。

艾登清了一下喉咙，才简而言之地回答：“那边有一台隐藏式的人造卫星导波仪。”

“导波仪？你是说就像空间站外面那些巨型的天线？”

他点了点头：“不过 LU-3 后勤舱内的这个导波仪，只用来连接特定人造卫星……”

阿哈努牵着嘴角笑了出来：“特定人造卫星？就是贵国的间谍卫星吧？没关系，这已经是许多太空迷都知道的公开秘密了！所以，你们那天起床启动的人造卫星信号端口，就是这个隐藏式的导波仪？”

两位美籍组员并没有回答，但是也没有否认。

“我有个不情之请，你们能否示范一下如何启动那个导波仪？我只是想见识见识而已……”阿哈努眯着一只眼睛，做了一个拜托的手势。

艾登和蓝斯对望了几秒后，才仰起下巴示意他可以照办，蓝斯转过身划往服务舱的方向。

当LU-3后勤舱外只剩下艾登和阿哈努时，艾登才低声地问：“怎么样，你是不是发现什么线索了？”

“线索？我脑中有太多线索了，目前只是在将它们理出一个起承转合。现在应该只差临门一脚……或两脚了！”阿哈努并不想一五一十地回答。

因为，当他见到艾登刚才如此冷静的表情后，总觉得相对于蓝斯那种被诬蔑后的悲愤反应来说，艾登要不就是个训练有素、不喜怒形于色的航天员，要不就是心中早已猜出贝拉蜜遇害的内幕。

当蓝斯划回后勤舱通道时，手中还多了一台笔记本电脑，他打开屏幕上的某个程序后，便将笔记本电脑交给了艾登。艾登在键盘上输入一串账号和密码后，屏幕上便出现了一个“Energize”的红钮和另一个“Preset”的绿钮，他选择了绿色的钮按了下去。

大约两秒钟后，舷窗下那片隆起的地板中央突然出现一条与工作台平行的缝，长度大约只有半米多而已。隙缝里迅速升起一道银色的面板，一路顶到天花板后，就卡进上方的另一条缝里。

刚才上下隆起的地板竟然是两片可以自转的基座，它们缓缓顺时针方向转动着，那扇银色的导波仪也跟着转成了九十度角，刚好就面向着舷窗外无垠的星空。

“这就是你们与特定人造卫星连接的设备？还真是大开眼界了！”阿哈努的语气非常兴奋，甚至还有些意犹未尽的感觉。

“索西先生，那么就到此为止吧！我在权限内能够给你看的，你都已经看过了……我希望这对你的调查有所帮助。”

艾登一面说着，一面在计算机上执行着归位程序。只见那半米宽的银色导波仪如同影片倒带似的迅速转回原位，然后缩回地面的隙缝里。

蓝斯随即将 LU-3 后勤舱的门关上，从门外输入了一组密码之后，锁上了那间全球太空迷们传闻已久的机密舱房。

艾登转身划回服务舱后，一旁的蓝斯才回过头支支吾吾地说：“索西先生，待你返航后请务必转达媒体，我和艾登真的不可能杀害贝拉蜜！更无法在犯案后从舱门外使用舱内的键盘输入反锁密码……”他的眼神不经意间又流露出那种悲愤与迫切。

阿哈努看着蓝斯，拍了拍他的肩膀，很诚恳地点了点头。

环球空间站，起居舱。

阿哈努和星野攀在贝拉蜜的寝层外，四只眼睛专注地环视着内部的物品。贝拉蜜的寝层和其他组员的没什么差别，小小的隔层被一条半飘浮的白色睡袋塞得很满。她的床头也和其他寝层的一样，有几片简易的小隔板，上面插着几本书和一台笔记本电脑，旁边则有两三罐飘得东倒西歪的护肤面霜。

“怎么样，有没有看到任何不属于贝拉蜜的物品？”阿哈努问。

星野摇摇头：“不确定。我之前并没有探头看过她的寝层，毕竟不是很礼貌嘛。”

阿哈努索性爬了进去，一把抓下那台配发的制式笔记本电脑。贝拉蜜已经去世几天了，那台计算机竟然还处于待机状态，就连密码也不需要输入就进入计算机桌面了。

他仔细检视着C盘，并没有发现任何可疑的文档，索性就用文件管理器以时间来搜索。他将四月十二日八点五十五分设为搜索起始时间，也就是贝拉蜜从“恶魔左手之关节”爬出来的时间。再将四月十三日凌晨一点作为搜寻结束时间，那是她悄悄划出寝层的时间。

没有发现那个时段新建过任何文档或文件夹。

阿哈努好奇地浏览着贝拉蜜那几天的实时通历史记录，上面大多是和一位叫卡罗琳的人的文字信息，他猜想那大概是贝拉蜜的同事或闺蜜吧。

他继续将历史记录往下翻，终于发现了一条可疑记录。贝拉蜜在离开寝层前十分钟，曾经发过两个文档给一位昵称是“77058”的用户！

阿哈努过滤了贝拉蜜的好友名单，并没有在上面找到那位用户，唯一的可能就是贝拉蜜随后封锁了那位用户，或者是对方将贝拉蜜给封锁了。他马上将那两个文件名键入搜索框内，却没有在硬盘里找到。

那么贝拉蜜是在哪里抓取文档发送出去的呢？那位叫“77058”的用户又是谁？

阿哈努将笔记本电脑放回书架上，开始一寸寸地翻看着贝拉蜜的寝层，看看是否有任何行动装置或外接式硬盘。但是这个比浴缸稍大的空间一目了然，根本没有其他电子用品。

他折腾了半天依然没有发现任何线索，便顺势用右手扶着地面借力使力，准备划出贝拉蜜的寝层，忽然觉得压到睡袋里的一个小硬块。他马上将整个睡袋翻了过来，可是并没有在底下找到任何东西。他开始用双手揉捏着睡袋的每一寸，终于发现那个小小的物体是藏在睡袋的内层！

阿哈努将整个睡袋拖出了寝层，和星野两个人摸索着是否有任何破洞，没多久就找到了。原来睡袋的内部有一个小小的暗袋！阿哈努拉开暗袋上的拉链后，从里面掏出了一个不锈钢材质的块状物体。

那块状物体大约只有拇指长短，厚度也只有零点五厘米左右。阿哈努翻来覆去地看，又用手指头推着、转着，竟然转开了。

星野一看到不锈钢内层转出来的那个接头，马上大声喊了出来："是U盘！"

阿哈努马上划进自己的寝层，将那个U盘插到自己的笔记本电脑上，屏幕上跳出了一个询问窗口。他点了"浏览"之后，窗口上端端正正列着两个文档，名字就和刚才贝拉蜜在实时通上发送的一模一样！

他点击了其中一个文档，赫然发现里面全是密密麻麻的电路图，另一个则是好几页的结构图与装配须知。

"你看得出来这是什么装置的电路图吗？"

阿哈努转过身，将寝层外的星野拉到笔记本电脑屏幕前，只见星野半个身体还悬在外面，眼睛专注地盯着那些复杂的电路。他不断将画面上下滚动，又切换到另外一个文档继续翻着页面，非常仔细地阅读着上面的装配说明。

他的神情越来越惊讶："这应该就是你说的那个不为人知的神秘装置！"

"是什么？看看是不是和田原猜测的一样！"

"电、磁、脉、冲、武、器！"星野一个字一个字地念了出来，手指头还指着某段内文中的三个缩写字母"EMP"。

"确定是武器？不是仿真器吗？"阿哈努问。

星野非常肯定地回答："从它的兆赫低频分量看来，这绝对不是什么仿真器，而是一种货真价实的武器。虽然这可能是十多年前的早期款型，可是已经具备了锁定单一目标、投以方向性电磁脉冲的强大干扰功能。它的功率足以导致一个国家的网络与电子设备，以及军方的电子辐射设备和电磁武器瘫痪！"

"甚至是……一艘正要返回地球的宇宙飞船！"阿哈努倒吸了一口凉气。

星野顿时恍然大悟地喊了出来："微笑药师，你绝对不能搭上伊菲克勒斯号返航，不然你和贝拉蜜也会在爆炸中灰飞烟灭！"

原来布莱恩那首叫《颤音》的诗，所指的确实是电磁脉冲武器。他或许是在整理 LU-3 后勤舱的数据库数据时，无意中在某个硬盘里发现或还原出这两个文档，却因此被杀人灭口。

虽然他有先见之明地写下了那首诗，并且将文档复制到 U 盘里，藏在非美方所属的加拿大机械手臂基座内，却也因此让解开那首诗谜的贝拉蜜在发现"希望的星芒"后，和他一样惨死在 LU-3 后勤舱内！

如果依照前一起命案的模式，阿哈努和另一位返航组员以及贝拉蜜的遗体势必也会成为宇宙飞船爆炸案中的罹难者。如此，除了贝拉蜜的死因将成为永远无法解开的航天悬案之外，就连他这位爱管闲事的原住民药师也可以一并除掉！

就在他们俩陷入一片沉默时，星野腰间的微型计算机突然震了几下，他马上抓了起来看着屏幕，然后激动地说："是 JAXA 的地勤同事传来的比对结果！"

他点了一下触控屏幕开启了那则信息，然后将内容念给阿哈努听。

"天彦，经过多方面的比对与过滤，曾经登上环球空间站的各国航天员名单中，具有航天工程与机械工程背景的共有四十八位，现在仍在六大太空联盟机构中任职的则有二十七位，而职务与环球空间站有关系的只有三位。这三个人当中，与目前空间站上的组员熟识，而且联系频繁的就剩下一位而已。以下就是这个人的完整数据。他的姓名是……"

星野脸上的表情突然僵住，马上将屏幕递给了阿哈努，让他自己去看。

阿哈努看到那个名字后，并没有像星野那般惊讶。他仔细阅读着那个人巨细靡遗的生平资料，反而越看越觉得茅塞顿开，还渐渐地笑了出来。

他拿出口袋里的迷你平板，在屏幕上键入那个名字，后面还跟着"美国创卫党[①]"几个字。他将那则信息传给了结盟部落的几位长老，这代表因纽特石堆的狩猎任务又有了新的追捕目标！

---

①作者虚构的美国政党，全名为美国创造防卫党（American Creative Defense Party）。

“如果我想平安返回地球，就势必要将这个人，不……是这一大群人全都揪出来！”

阿哈努说完后，突然将手中的平板轻轻往空中一抛，看着它在微重力中缓慢地旋转着，然后一派轻松地说：“星野，我想，我们已经破案了！”

第十章

UTC 协调世界时，二〇一八年四月十八日，上午十一点十分。

环球空间站，南面舱房。

当阿哈努从起居舱划入服务舱时，空间站上的七位组员早已聚集在舱内，有些人正聚精会神地盯着自己的笔记本电脑，有些人则是在一旁闲聊着。

阿哈努飘到蓝斯和星野身边，低声地问道："你们那边的两条通信接通了吗？"他们俩不约而同地点了点头。

一旁的尼古拉也回过头说："我这边的视频也连上了，目前正在待命状态。"

阿哈努划到服务舱的角落，将那台 GoPro 和三角架固定在地面的固定杆上。镜头的角度刚好就对着舱内的组员们，以及墙面上的三个视频画面。

艾登在舱房的另一端朝他挥了挥手，又比了一个 OK 的手势，然后就对着麦克风说："休斯顿，休斯顿，这里是环球空间站，请准备进行视频与音频的检测。”

几秒后，扩音器里传来指令通信人员的声音：“环球空间站，我们这里的接收情况良好，画面与声音都很正常！”

“我这里也听得非常清楚，欢迎加入环球空间站的视频！”艾登回答。

他向阿哈努点了点头，示意可以开始说话了。

阿哈努缓缓划向服务舱的中央，对着视频画面非常有精神地喊着：“早安，休斯顿！非常欢迎各位拨冗加入我们在空间站上的解谜大会！”

画面中有四位指令通信部门的人员，他们顿时满脸疑惑，还彼此交换了眼神。其中一位戴黑边眼镜的男子问道：“索西先生，我们并不是很了解你的意思。”

阿哈努这才微笑地回答：“我今天之所以邀请站上的七位组员与休斯顿的各位列席开会，目的就是要向大家公布贝拉蜜·罗宾森教授命案的调查结果。”

此时忽然传来另一位男子的声音，嗓音低沉且沙哑：“我们已经转达给站上的同人，美国国家航空航天局会委派专业人员上环球空间站进行鉴识。索西先生大可不必劳师动众，进行那些没有法律效力的调查吧？”

说话的是汤玛士·卡林，也就是约翰逊航天中心任务控制总部FCR1控制室的指挥官。

“卡林吗？哎呀，真是好久不见！我想无论我进行的调查有没有法律效力，应该是交给全球的媒体、六大太空联盟机构，以及它们所属的十五个成员国的纳税人来评断吧。这并不是美国国家航空航天局或者你和我说了就算数哦！”

卡林没有反驳，不过脸色并不是很友善。

阿哈努手中握着无线麦克风，顺势划到了 GoPro 所在的位置：“不过呀，既然要让媒体和观众有知情权，这个解谜大会的整个过程就会通过我的多功能摄像机同步录像，并且实时转播到地球上。当然，为了证实我的调查有可信度，我也会邀请几位神秘嘉宾陆续出场……”

他的话还没有说完，休斯顿的几位指令通信人员已经开始交头接耳。就在这时，FCR1 控制室里又走进好几位穿着西装和军装的中年男子，只见卡林马上毕恭毕敬地起身，招呼他们坐入身后的几把椅子里。

那几位男子脸色铁青，其中一位还不耐烦地扬起手示意卡林继续进行视频通话。从其从容不迫的态度来看，他们显然是比卡林高阶的美国国家航空航天局或约翰逊航天中心的主管与官员。他们并没有坐下来，只是站在那几位指令通信人员的身后静观其变。

阿哈努没去在意 FCR1 控制室里出现的变化，只是自顾自地继续道：“不过，在我开始讲解案情之前，我想先说一个故事……”

他此话一出，就瞄到视频画面上几位官员翻了个白眼，然后将手臂环抱在胸前。

“这个故事要回溯到上个世纪的八十年代，也就是一九八三年三月二十三日美国前总统罗纳德·里根的电视演讲。我不敢确定还有多少人记得那一场著名的《战略防御倡议》演讲。如果我提及它又被称为‘星球大战计划’，许多人应该就不陌生了吧？”

服务舱内有几位组员点了点头。

“索西先生，你提这些已经离题了！这些都是冷战后期的陈年旧事，那项计划进入九十年代后就已经宣布终止了。现在重提这段历史，有点像在挑拨美俄双方目前良好的航天合作关系！”说话的是一位头顶有点秃的矮胖男子。

阿哈努认出他是环球空间站计划中代表美方的航天总监之一。

“也许那的确是一桩陈年旧事，无论那项计划是否真如美国中情局曝光的密件所言，只是美国政府为了拖垮当时的苏联，才设局引诱对方将更多的经费投注在国防与航天计划上，导致苏联走向解体的命运……”

阿哈努刻意划到那七位组员所在的位置后继续道：“但是当年英国、意大利、西德、以色列、日本等国都曾在美国的要求下参与过星球大战计划。就连里根所属的共和党成员也都积极推动过知名的 X-30 或 X-33 系统计划。因此，当一九九四年星球大战计划宣布终止时，那些曾经投注过十多年心血进行研究与推动的团队会是怎样的一种心情？”

他环视了身边来自各国的航天员和视频画面上 FCR1 控制室里的人员：“当然是非常愤慨！尤其是处心积虑推动星球大战计划的共和党元老们。因此，在那项计划被迫终止之后，有少数党员心生不满而萌生退意，并且另外筹组了一个全新的党派！这些人表面上是因理念与共和党背道而驰才退党，暗地里却是为了实现自己的星球大战计划，而继续吸收与培育航天及机械工程的精英，并且将他们部署在各个官方机构。这个党派就是许多人都听过的美国创卫党！”

另一位穿着西装的银发官员马上厉声道：“你的这番说辞完全

没有根据，这对该政党已经构成了诬蔑与诽谤，请你谨慎斟酌遣词用字！”

“哦，是吗？”阿哈努做了个深呼吸，看着手中迷你平板上的文档，“根据我手中的官方数据显示，二〇〇六年六月环球空间站建构初期，第五梯队登上空间站执行后勤舱对接任务的组员中就有一位是创卫党的党员。很巧合的是在第八梯队、第十梯队、第十三梯队、第十五梯队中……都陆续有这个政党的成员登站。我想请问各位官员，那么小的一个新兴政党，怎么会那么巧有这么多优秀的航天人才？而且还在短短的几年内全都被送上了环球空间站？难道各位从来没有思索过这个问题？”阿哈努停了下来，双眼狠狠地盯着视频画面上方那个摄像头。

视频里的几位官员与指令通信人员全都屏息凝神，没有人回答得了那个问题。

“容许我做一个大胆的假设。假如那几个梯队的创卫党航天员，早已在一次次航天任务中将夹带在几座后勤舱部件中的零件一批批暗度陈仓运上了环球空间站，最后再以接力的方式将那些分散的零件组装成一种有高危险性的防御武器，有没有可能？”

那位矮胖的航天总监气急败坏，几乎是咆哮地喊了出来：“你所说的这些全部都是你的猜测，完全没有任何证据，怎么可以就此危言耸听？我们对每一座要送到俄罗斯升空的部件全都进行了严密的安检与扫描，绝对不可能有任何不该出现的多余零件！”

“哦，你确定吗？”阿哈努睁大了眼睛，佯装出惊讶的表情，顺势举起了手中的迷你平板说，“那么这些不属于空间站的电路图和装配图又怎么会出现在这座空间站上？而且我们已经按图索骥找到了这个装置的所在位置，也就是在美方的后勤舱通道底下！”

一旁的星野插嘴说：“这两个文档刚刚已传到FCR1控制室的邮箱了，请查收。”

那位戴眼镜的指令通信人员愣了一下，马上低下头在计算机上操作着。没几秒后,几位官员都探过头来仔细端详着计算机屏幕。

“这怎么可能！这种东西怎么会出现在环球空间站上面？”那位航天总监喊了出来，而另外两位有机械工程背景的官员也露出惊讶的表情。

阿哈努依然一派悠闲地说：“没错，在这座由十五个国家合资建构的空间站上，美方建构与对接的后勤舱通道里居然藏着足以使任何国家国防系统瘫痪的电磁脉冲武器！”

FCR1控制室里的几位官员仍是惊魂未定，就连在服务舱内不知情的几位组员也是震惊不已。

“现在还有哪位官员要为那个政党辩解吗？”阿哈努将迷你平板拍摄到的电磁脉冲武器照片，一张一张刷给视频上的官员们看。那是昨晚他和星野依照电路图和装配图上的说明找到的电磁脉冲武器藏匿地点。

也就是后勤舱通道中段的地板底下，当年田原孝介时常听到低频音的所在位置。

“当然，我并不是第一个发现电磁脉冲武器的人，是第十七梯队的组员布莱恩·豪威尔博士发现的！他或许是在整理LU-3后勤舱的数据库时,无意中还原出这两个被删除的文档。但是非常不幸，他在发现这个秘密之后就被杀了！”

那位穿着西装的银发官员马上反驳：“你在说什么？豪威尔博

士明明是在伊菲克勒斯号的爆炸案中殉职的！”

另外几位西装男也喃喃自语地附和着，还露出一种毋庸置疑的神情。

“哎呀，关于这一点，各位官员就无须跟我费口舌啦！还是直接向我的两位神秘嘉宾再重复一次你们刚才的说辞吧！”阿哈努看了尼古拉和星野一眼，示意他们开始行动。

没多久，只见原本在他们计算机上的两个视频画面突然跳上服务舱上方的另外两个屏幕上。这两个画面显然也同步出现在 FCR1 控制室的屏幕上，因为在场的几位官员全都傻眼了。

视频上分别是俄籍的尤里·安东诺夫和日籍的田原孝介。

画面上的尤里慢条斯理地说：“等了这么久，终于轮到我们说话了。关于豪威尔博士的死……”

尤里的话还没有说完，那位银发官员早已插嘴堵住了他：“安东诺夫议员，请你谨言慎行，你与六大太空联盟机构签署过航天员的保密条款！”

尤里咬了一下嘴唇，表情非常不悦地回答：“什么航天员的保密条款？应该说是空间站谋杀案的保密条款吧！”

他的话音刚落，服务舱内的几位组员早已一片哗然。

“当初，要不是你们以维护这项跨国航天计划的长远声誉为由，胁迫六大太空联盟机构要求我们签下那一纸保密条款，我们也不会做出那种违背良心的事，现在甚至祸及了另一位女航天员！”尤里的眼神坚定地看着摄影镜头，仿佛正直勾勾地瞪着 FCR1 控制室的每一位官员。

另一个画面上的田原接着说道：“我想说的是，假如你们当初所说的荣誉感背地里却只是为了隐瞒一起惨绝人寰的谋杀案，那么这种荣誉感我宁可不要了！因为这么多年以来，只要一想到布莱恩和他被蒙在鼓里的亲人们，我的良心就受煎熬！”田原激动得快说不出话来，不过还是压抑着情绪继续道，“我和尤里在此声明，布莱恩·豪威尔博士的确是死于环球空间站上。也就是说，这八年来，我们一直帮着隐瞒第一起LU-3后勤舱的谋杀案！”

那位银发官员几乎是咬着牙说：“你们所谓的真相完全是信口雌黄！一派胡言！你们违反了当初签订的条款，我们就等着国际法庭上见吧！”

尤里突然非常戏剧化地大笑了出来：“你们这些官员的话去骗骗三岁的小孩还有可能。我和田原今天声明的要全是谎言，那么又何来违背保密条款一说？除非我们刚刚所讲的全是你们想只手遮天的真相，才能构成违反保密条款嘛！”

FCR1控制室里没有一位官员敢再开口，因为他们深知自己所说的每一句话，都将随着阿哈努的实时转播系统呈现在世人眼前，甚至有可能成为日后的呈堂证供。

“况且，我身为俄罗斯国家杜马下议院的议员，自认为在我良心发现后，应该坦荡荡地揭发你们极力隐瞒的布莱恩命案真相。我不相信会被哪里的法庭给定罪，你们直接找我的律师团来告吧！”

阿哈努接着说：“虽然另一位也签署过保密条款的瑞典籍航天员，也就是阿尼·勘斯瓦教授不参与这次的视频会议，但是，他通过安东诺夫议员发出了相同的书面声明稿。”

他扬了扬手中两张打印的纸，页尾还有阿尼的亲笔签名。

“我们今天在这里，是要抽丝剥茧解开贝拉蜜·罗宾森教授的命案疑云。只不过要破解贝拉蜜的密室命案，就必须先解开布莱恩的密室命案。因为这两起命案的手法一模一样，不……应该说是师出同门，完全是同一位大师下的棋。”

阿哈努顺手从口袋里掏出了一件物品，紧紧地握在掌心里，继续道：“我刚刚说过，布莱恩在得知电磁脉冲武器的秘密后，就莫名其妙地在LU-3后勤舱遇害了。凶手可能认为只要杀人灭口之后，再想办法将那两个文档毁尸灭迹，秘密就能够继续保持下去。殊不知，布莱恩早已将那两个文件备份到自己的U盘里！”

他打开了手掌，展示那个不锈钢U盘。

“他将这个U盘藏在加拿大机械手臂里，并且把藏匿地点写成一首叫《颤音》的诗寄给了自己的女儿。我和当年俄籍组员伊果的儿子维特，非常巧合都通过布莱恩的女儿取得了那首诗，也无意间将那首诗透露给星野与贝拉蜜，却提前被贝拉蜜解读出含义，找到了这个U盘里的两个文档，进而遇害！”

阿哈努停了几秒，快速扫视了空间站上的每一位组员和视频画面。

“现在我们就进入命案的关键。凶手与帮凶是如何在LU-3后勤舱内杀害了布莱恩和贝拉蜜后，再将现场布置成微重力的密室的呢？”

拉斐尔纳闷儿地问：“你是说有凶手又有帮凶？刚才不是说只有一个吗？难不成你认为我们这些组员，全都是共犯？”

“这该怎么解释呢？我拿之前常听中国朋友讲的两句话来举例吧！那就是‘吾虽不杀伯仁，伯仁由我而死’。”

星野马上恍然大悟，还用日语默念着那两句从大河剧里学来的《资治通鉴》名言。

“我相信凶手第一次犯案时，可能并没想到会变成一起所谓的密室命案。布莱恩的确是死于被自己反锁的LU-3后勤舱内，只不过是空间站上的结构与设备因缘际会让命案现场变成了密室。经过第一起命案之后，凶手才更有恃无恐地以相同的方式杀害了贝拉蜜。”

“既然两起命案发生时舱门都被死者使用舱内的密码反锁着，那么又有谁能够进入里面杀害他们？我们这些非美方的航天员更不可能吧？”柯瑞问道。

阿哈努笑着说：“没错，这也是我刚开始的盲点，一直在指纹扫描仪和舱内舱外的两组密码盘上打转，忽略了我们在这些高科技仪器上找线索，却同时也被它们给耍了。在这座尖端科技的空间站里，有太多事物并不需要亲临现场，照样能够遵从我们的指令行事……”

“你是指……远程遥控！”两位俄籍组员不约而同地喊了出来。

阿哈努点了点头回答：“没错，就是利用远程遥控！而且我相信凶手也是因为有过那种几乎让他丧命的经历，才发现了这样的谋杀模式。”

星野有点不解地说：“如此说来，现今这种高科技时代，什么都可以通过网络来远程控制。从办公室开关家里的灯具或冷暖气，在家中遥控办公室的计算机或设备，就连外出都可以用手机来喂养宠物。这样……那些所谓的密室不就绝迹了吗？”

俄籍的瓦西里也问道：“我无法理解的是，就算凶手可以远程遥控，又是如何知道在哪个时间点下手呢？毕竟他根本就不在被害人身边呀。”

“好，我先请各位航天员回答一个问题。假设你是布莱恩，当你发现环球空间站上有电磁脉冲武器时，你第一时间会与谁讨论？”

“当时轮值的指挥官吧？”蓝斯说。

尼古拉则回答：“本国的组员呀！”

阿哈努想了一下，才说：“假如你并没有同国籍的组员，或者也不是很信任对方，而轮值指挥官又与你来自不同的太空联盟机构，你会将自己国家所属的后勤舱通道藏有电磁脉冲武器的事情透露给这些人吗？那么你会去询问谁呢？”

星野毫不犹豫地说：“所属国家的航天机构和指令通信部门！”

阿哈努虽然没有去留意视频中的那几位指令通信人员，但是他相信那些人此时应该都正襟危坐着。

“的确，我个人肯定是会联络自己国家的指令通信主管，并且会在比较隐秘的舱房里向他汇报或询问，譬如像是……LU-3后勤舱这类的地方！”阿哈努缓缓地用余光瞄着视频画面。

“索西先生，你这分明就是在含血喷人！我们没必要再听你这种无的放矢的调查结果！我宣布这场荒谬的会议就此打住！”那几声怒吼来自FCR1控制室的指挥官卡林。

他的太阳穴浮起了青筋，双眉上的那道疤痕仿佛因暴怒正张牙舞爪着。

那位矮胖的航天总监突然开口：“谁说可以结束的？我倒想听听这些年以来，到底是何方神圣将这项国际性的太空计划搞得如此乌烟瘴气，并且陷美国国家航空航天局于不义！索西先生，请继续说下去。”

阿哈努礼节性地点了点头，然后将目光停留在视频上：“卡林上校呀，这实在是很诡异。我刚才提到创卫党的时候，你竟然没有吭过半声，就任由我这么个加拿大老百姓诬蔑你的政党？可别告诉我你不是创卫党的党员吧。我昨天才派人确认了你的背景资料，应该不至于错得太离谱吧？”

卡林顿时面红耳赤，却仍然理直气壮地回答：“那已经是二十多年前的事情了，我现在和他们没有任何瓜葛！”

“真的没有瓜葛吗？”阿哈努滑动浏览着迷你平板上的另外几组照片，扬扬得意地说，“这是第八梯队、第十梯队、第十三梯队、第十五梯队……创卫党的航天员，另外这些则是你与他们在不同家庭聚会中的合照。哎呀，你可能会辩解大家都是美国国家航空航天局的同事，这种照片稀松平常不足为奇啦！那么这几张呢？”

阿哈努将刷照片的速度放慢，画面突然停在一位坐轮椅的长者。那人穿着一套宴会式缎面黑西装，头上却突兀地戴着一顶做工精致的皮革牛仔帽。卡林和其他几位中年男子则毕恭毕敬地站在他身旁。

“这几年来，每一届创卫党的建党派对，你可是一次也没有错过。你与该政党的党魁，也就是得克萨斯州参议员之一的昆西老爷子的合照，在网络上也不难搜寻得到，你却说已经和他们没有瓜葛了？我猜想，你能成为第五梯队登上环球空间站的美籍组员，昆西老爷子应该也费了不少心力吧？”

卡林一语不发。但是空间站上的组员们全都震惊无比，因为根本没有人记得这位 FCR1 控制室的指挥官竟然也曾经是一位航天员。

阿哈努继续道："让我再做一个大胆假设。二〇〇六年，该政党通过部署在美国国家航空航天局的人员，勾结了委外的科技仪器厂商，在当时准备运往俄罗斯升空的后勤舱部件内置入了一些不该出现的零件。它们应该是被打散后安装在整条通道内不同的区块。而你在第五梯队航天任务中，表面上是执行美方后勤舱通道与二号节点舱的对接任务，暗地里却依照那两份电路图与装配图文件卸下了所有被打散的零件重新组合在一起，成为电磁脉冲武器的原型！至于后续几个梯队的创卫党航天员，亦是依循这种模式将更新的组件夹带上空间站，不定期地进行升级。"

卡林冷冷地说："你说这些都是无凭无据的假设，如果没有任何证据就不该空口说瞎话！还是你根本只想引起媒体的关注？"

阿哈努笑了出来："我旗下就有电子媒体公司，哪还需要搞这种宣传把戏呢？我倒是忘了告诉你，我们昨天寻获电磁脉冲武器时，还发现了好些精彩的小东西！虽然那装置才不到四十立方厘米，我们却在上面采集到好几枚沾着油渍的指纹。我只要将那些指纹影像传给贵国的中情局，应该就能马上查出是哪些人了吧？"

卡林这会儿完全笑不出来了。

他身后那几位航天局和太空中心的官员则都表情凝重地瞪着他。这种内部人员联合政党搞窝里反的恶行，已经足以让他们被其他五大太空联盟机构嘲讽与谴责了！

阿哈努盯着卡林的脸，然后话锋一转："你额头上的那道疤痕，应该也是在那次航天任务期间受伤的吧？我猜猜看是在哪个舱房呢？啊，肯定是在 LU-3 后勤舱吧！"

当每个人的目光都停留在卡林那道丑陋的疤痕上时，他迅速将脸撇到一旁。过往那种如孔雀般的盛气凌人，此时早已荡然无存。

“在布莱恩无意中发现了那两个文档，并且循线确认了那装置的存在后，他便毫不知情地将状况汇报给你，希望你能上报给美国国家航空航天局处理。不过，你应该是以通信机密为由，将他骗到了 LU-3 后勤舱内，并且请他将舱门反锁起来，以免被另一位美籍组员误闯。他依照你的指示，使用舱内的封闭网关视频系统与你通话，或许你无法说服或买通他，因此才萌生了杀意！”

“我当时远在地球的这一端，又怎么可能对空间站上的他动手？”卡林低着头几乎像在喃喃自语，可是一字一句却像是从他的齿缝里迸出。

阿哈努点了点头：“这也没错！因此你才一边和他视频，一边在计算机上发了一则指令到另一位美籍组员雅各布的微型计算机上，请他使用服务舱的计算机启动那台锁定特定卫星的导波仪。那时候已经是凌晨时分，空间站上所有组员都还在就寝，雅各布并不认为 LU-3 后勤舱里会有人，而忽略了潜在的危险。接下来的事情卡林上校应该很清楚，因为你自己就曾经亲身经历过！”

“美方的舱房竟然有自己的卫星导波设备？”柯瑞嘘了一声。

“当时，布莱恩肯定是在舱房尽头，以内建视频系统与你通话。在微重力空间内上下左右前后六个墙面都可以工作，可是他配合视频系统上下颠倒的位置，必须以头下脚上的姿势飘浮着。当雅各布在服务舱启动设备后，导波仪迅速从地面窜出，就像一座反向的断头台，刚好击中他的天灵盖。尤里与田原协助地面医疗小组扫描布莱恩遗体时发现，他的头顶的确有一道极深的撕裂伤口，脑门的头盖骨也有碎裂的痕迹，那些都是近距离与导波仪瞬间撞击造成的……”

那位矮胖的航天总监愤怒地踹了卡林的座椅，随即将他揪了起来，大声喊道：“原来你当年也是这样受伤的！可是却压根儿没有汇报给我们改进，竟然还将导波仪当成你日后行凶的工具！”

阿哈努接着说：“你可能就那样通过视频画面，冷冷地观赏着布莱恩死去，看着他晕厥、不断渗出血珠，飘浮在 LU-3 后勤舱内渐渐死去。然后才发了一则关闭装置的指令给雅各布，看着导波仪归位之后才切断了视频画面。”

当阿哈努叙述布莱恩的死亡过程时，艾登与蓝斯的脸色早已震惊无比。因为，他们也曾在凌晨两点多接过卡林上校的指令，以锁定特定人造卫星为由，命令他们启动 LU-3 后勤舱的导波仪。

“八年后，你也以同样的手法杀害了发现 U 盘与电磁脉冲武器的贝拉蜜。她实时通上代号为‘77058’的使用者是你吧？你应该是用约翰逊航天中心的邮政编码 TX 77058 取的昵称吧？你当然可以否认，但是就算你杀害贝拉蜜后封锁了她，硬盘里还是留存着你们之前的文字对话，这只要花点时间就可以确认是不是你了！”

他又故作神秘地说：“我想不通的是，她怎么会在实时通上发文字信息给你，还将那两个文档传给你过目？你堂堂一位 FCR1 控制室的上校主管，平常应该和贝拉蜜没有那么多交集，怎么会出现在她的实时通上呢？”

阿哈努双眼望着服务舱的天花板，仿佛在向天堂里的贝拉蜜聊表歉意：“也许，我不该揭露死者生前的隐私，但是这攸关案情，我有必要质疑……你该不会就是贝拉蜜生前……那位身为有妇之夫的情人吧？”

卡林的瞳孔顿时缩小，缓缓转过头看着视频里的阿哈努，双眼充满了无法理解的神情。就像在问，为什么连这种事你也知道？

“好了，你不需要回答我，大家已经可以从你的眼神里猜到答案了！你可能是拗不过贝拉蜜追根究底的性格，或是对那桩婚外情有所厌倦，才决定一不做二不休，将发现电磁脉冲武器的女航天员和一直憧憬你会离婚与她步入结婚礼堂的情妇一、并、解、决、掉！”

阿哈努飘到艾登和蓝斯身后，将双手扶在他们俩的肩膀上：“你再度使用杀害布莱恩的手法，将贝拉蜜骗到 LU-3 后勤舱，并让她将舱门从内部反锁。当你们使用舱壁上的内建视频系统通话时，你同样发给美籍组员一道启动导波仪的指令。就那样通过毫不知情的帮凶，同时解决掉了多管闲事的女航天员和麻烦的婚外情女子。”

蓝斯激动地挺直身子，对着视频上的卡林咆哮：“你太可恶了！不但设局让我们帮你杀人，这几天我们被媒体指责为嫌疑人时，你却没有积极帮我们澄清过！”

一旁的艾登拉住了蓝斯，默默低下头拍了拍他的背安抚着。

此时此刻的艾登也不好受，因为当时是他的手指头按下了那个“Energize”的红钮，才误杀了 LU-3 后勤舱内的贝拉蜜。原来，他事事听命的 FCR1 控制室指挥官发给他的竟是刽子手行刑的指令！

阿哈努突然想到了什么，对着视频上那几位主管和官员说：“我想你们应该马上封锁卡林上校的办公室和居所，找到那个电磁脉冲武器的地面控制装置。它或许只有笔记本电脑那般大小，却可以通过人造卫星的网关连接 LU-3 后勤舱的导波仪，然后运行空间站上的电磁脉冲武器！”

那位银发官员马上扬起下巴，示意身旁的两位西装男照办，随即拿出手机拨了几通电话发号施令。

“我们甚至可以合理怀疑，当年卡林或创卫党人员就是以强大的电磁脉冲武器使返航中的伊菲克勒斯号瘫痪，造成了宇宙飞船爆炸失事的假象。如此不但布莱恩的遗体无法化验出死因，就连雅各布曾经启动过导波仪的种种证词也灰飞烟灭了！我相信卡林上校本来也想故技重施，却不料半路杀出了个我！不是吗？”

阿哈努朝着摄像头挤了一下右眼，俏皮地说：“只不过我哪会那么容易被搞死，有太多舒斯瓦普族的祖灵在守护我呢！”

卡林咬牙切齿地狠狠瞪了阿哈努一眼：“你以为布莱恩·豪威尔是什么善类？放屁！当他猜出电磁脉冲武器和我有关系时，从头到尾都在威胁我……要我们付他一笔遮口费！他根本就是死有余辜！死有余辜！”

“所以，为了一个图谋不轨的政党，你对那位曾经深爱过你的女子也可以如此痛下毒手？难道她也是死有余辜吗？”阿哈努不屑地喊了出来。

就在卡林疯狂地举起身旁的器材想往控制室的摄像头砸去时，马上被几位闻讯赶来的中情局探员制止，还迅速将他戴上手铐用力拖了出去。

卡林额头上的那道疤痕充着血，仿佛一条挣扎中的蜈蚣，不断地在他凶狠的脸上窜着。他虽然被两名大汉押着架走，仍然狂妄地咆哮怒吼：“阿哈努·索西，你就算毁掉一个我，创卫党还有成千上万个我！他们不会放过你的！他们不会放过你的！我们绝对会卷土重来……”

控制室里恢复了以往的平静，可是卡林低沉的嘶喊声依然回荡在长廊上。

当视频画面中只剩下那几位主管和官员时，阿哈努才语重心长地说：“你们刚才质问过卡林上校，为什么被LU-3后勤舱的导波仪伤及头部后没有向美国国家航空航天局汇报改进？他当然不能汇报！那时他可能好不容易才将导波仪改装成功，让他的地面控制装置可以直接通过人造卫星连上导波仪来操作空间站上的电磁脉冲武器。他怎么可能会让你们更换导波仪，而坏了所有的计划！”

刚才还趾高气扬的银发官员，此时竟然语气谦和地回答：“索西先生，我们真不知该说些什么，你为我们揪出了这么个窝里反的恐怖分子、杀人凶手，也还给美国国家航空航天局一个清白，让我们对其他五大太空联盟机构也有所交代。真的非常感谢你……”

阿哈努马上摇了摇手，大声地喊着：“千万不要谢我！你们该感谢的是这位维特·托夫斯基先生！”

他顺势举起蓝斯手中的那台笔记本电脑，画面上正是维特的视频影像。原来，他从头到尾都在聆听着这场解谜大会。

“要不是维特滞留在美国期间费心搜集到许多线索，我也无法在空间站上抽丝剥茧地厘清所有疑点！对了，还要麻烦你们美俄两方的航天机构能够大人有大量，让维特可以将功赎罪，顺利返回莫斯科继续为航天工程尽心尽力！”

几位官员都不约而同地点头表示赞同。

视频中满脸胡茬儿的维特更是感动不已，不断向阿哈努说着：

“谢谢……谢谢你，帮我解开了父亲死亡的真相！”

“快别那么说！只不过有件事要让你失望了。我询问过几位科学家，你父亲见到的那种光团现象的确是早期电磁脉冲装置运作时会偶发的现象。”

“我明白，田原先生也在信中提到过。”

“创卫党经历了电磁脉冲武器差一点就被布莱恩公之于世的危机后，可能有将近八年没有再启动过那个装置，最后一次任务就是使返航中的伊菲克勒斯号瘫痪。所以在爆炸案之后，田原就没有再听到过那种低频的声音，也没有人再见过那些如天使般发光的外星人。”

阿哈努突然停了下来，又接着道：“我想关于宇宙飞船爆炸案的实情及布莱恩的死亡真相，还是由你去向布瑶说明吧！反正你现在已经是自由之身了，那么就再去一趟西雅图吧。”

维特点了点头：“会的，我一定会当面向她道谢。”

“唉，不过……没有找到真正出现在礼炮七号上的那些外星人，我还真是让所有太空迷都大失所望了呀！”阿哈努可能是脑神经顿时都松懈了下来，才忽然那么无厘头地大喊了出来。

被他那么一说，维特也搔了搔头笑了出来：“没关系，总有一天人类还是会找到那些神秘的外星生命体！”

一旁的星野也凑了过来，在阿哈努的耳边嘀咕着：“难怪你之前完全嗅不到杀人凶手的气味，原来他根本就远在海拔三百多公里之下的地球呀！”

阿哈努和星野击了个掌，指了指自己的鼻子，然后又将食指放在唇上，轻声道：“嘘，现在就只剩下你知道这个秘密了哦！”

落幕

UTC 协调世界时，二〇一八年四月十八日，晚间八点二十分。

美国华盛顿特区，国会东街上某官邸。

白色的豪宅里隐约传来托马的歌剧《哈姆雷特》中的《葬礼进行曲》，悠扬的管弦乐伴随着男女合唱的歌声，随即是哈姆雷特充满哀伤与懊悔的吟唱，整首乐曲充满了宁静的悲怆感。

长廊上有一位西装笔挺的老管家，正脚步迟缓地走到玄关，打开了那扇双开的雕花铜门。门外是两位穿着制式黑西装、一高一矮的男子，他们分别从上衣内襟亮出了证件，面无表情地跟老管家说了几句话后，便径自跨进了大门内。

老管家的反应有点犹豫不决，不过还是领着两位男子走上长廊尽头的弧形楼梯。他们经过二楼回廊上的几个房门后，老管家才终于停在一扇雕工细致的木门前。

他轻轻叩了两下门，语气谦卑地朝门缝喊着：“老爷，有两位重要的客人求见。”

老管家侧耳聆听，不过门内并没有任何回应。他又敲了两声，重复了刚才的话，里面依然是静悄悄的。

他们等了半分钟左右，老管家才缓缓打开一道门缝，房内的歌剧乐声顿时流泻出来。

那是一间装潢古典华丽的书房，房内的三面墙都是挑高两层楼的书阁，摆满了琳琅满目的精装书。左侧则是一张巨大的英式樱桃木书桌，桌面上除了有几个相框和一本《圣经》外，还有一座扇形的迷你旗座，上面分别插着美国国旗、创卫党党旗和得克萨斯州州旗。

房内的老人正背对着书桌，望着身后落地窗外的花园夜景。他坐在轮椅上，歪着头，只露出满头白发的半个后脑勺。老管家一面轻声朝他喊着，一面走到了书桌旁边。

那位身材高大的黑衣男子也接着说："昆西参议员，我们是中情局派来的。关于环球空间站的电磁脉冲武器事件，需要您跟我们到局里协助调查……"

就在此时，老管家突然大声喊了出来，然后指着轮椅颤抖地退了好几步。

两位探员马上冲了过去，才发现轮椅旁的地上躺着一把金色的瓦尔特 PP 古董手枪。昆西的右边太阳穴上穿出了一个小洞，左边头部则被轰出一小片血肉模糊的伤口。

"自杀了……"那位身材稍矮的探员叹了一声。

他们发现昆西的左手还扳在膝上一台老式的卡带录音机上。两位探员交换了眼神后，便迅速戴上了橡胶手套，那名高大的探员小心翼翼地按下了录音机上的播放键。

卡带里开始播放某男子的演讲内容。他们听了几句之后才确定，那是一九八三年美国前总统罗纳德·里根那场名为《战略防御倡议》的电视演讲，也就是上个世纪许多人所熟知的星球大战计划启动演说。

那段录音听起来年代久远、忽高忽低，声音不真实地飘荡在死气沉沉的书房里。里根语气坚定的演讲词仿佛融进背景悲愤与哀伤的哈姆雷特歌声中，然后越飘越远……

……我亲爱的美国同胞们，今晚我们宣布启动这项努力已久的计划，也将会秉持着改变人类历史进程的承诺而进行。这也许会有些风险，而最终的结果也需要经历时间的考验。

但是，我相信我们能够做到这一点！当我们跨过这道门槛之后，我恳求你们的祈祷、你们的支持。谢谢！晚安，也愿上帝保佑你们。

UTC 协调世界时，二〇一八年四月二十日。

哈萨克斯坦共和国，中亚大草原。

拜科努尔地勤中心发来返航舱的坐标位置后，俄罗斯搜寻队已经浩浩荡荡地在一望无际的草原上行驶了近半个小时。

“正在接近坐标位置，大家开始仔细留意四周！”领头的那辆吉普车的副驾驶正捧着一台平板电脑，用无线对讲机向整个车队发话。

没多久，就听到有队员回话：“看到了！就在我们三点钟方向的绿洲旁……”

整个车队顿时往右前方猛转，一阵阵尘土飞扬。原本盘旋在空中的直升机也终于在草原上缓缓着陆。

几秒钟后，伊菲克勒斯号的返航舱出现在他们眼前，后方还拖着一袭巨大的降落伞。几位工作人员戴上了手套，合力推着锥形的降落舱，设法将舱门的位置转到侧面，然后才熟练地开启了狭小的圆形舱门。

“两位一切没问题吧？”一位搜寻队员朝着舱内大喊了一声。

舱内的瓦西里与阿哈努早已掀起头盔上的玻璃罩，向对方比了个 OK 的手势。

没多久，几位队员便手脚利落地将他们从舱内抬了出来，让他们先躺在旁边的三把帆布椅上休息。他们待会儿将由直升机护送到拜科努尔，然后再辗转回到俄罗斯的莫斯科。

阿哈努微笑地望着中亚大草原的地平线，用力深呼吸了好几次，还转过头跟瓦西里说：“是青草和泥土的气息，你应该有半年多没闻到地球的味道了吧？快点，用力闻一闻吧！”

瓦西里坐在椅子里虚弱地点了点头，还将双脚平举了起来，又慢慢放了下去：“哇，这种有地心引力的感觉才像是家嘛！”

两位队员又陆续抬出了第三位航天员，还将对方安置在阿哈努另一边的帆布椅子里。阿哈努转过头静静地看着头盔玻璃罩里的那张脸孔，语重心长地低语道：“贝拉蜜，我们到家了，总算是平安无事……返回这颗美丽的星球了！”

阿哈努用手轻轻拍了拍她的肩膀后，继续静静地欣赏着远处的地平线。他早已无法从贝拉蜜身上嗅到过往那些苹果肉桂香或是乳香没药的味道，剩下的只是一具毫无气息的皮囊躯壳。

她的太空服被真空处理过，看起来有些许干瘪与紧绷，苍白的面容在玻璃罩里也显得更为憔悴。仿佛躺在玻璃棺里的童话公主，正无声无息地闭着双眼仰着头，享受着这久别多日的阳光普照。

也远远凝视着远在蓝天之外的那座曾经梦想登上的天空城堡。

第四届噶玛兰·岛田庄司推理小说奖
决选入围作品评语

（本文涉及谜底与部分诡计，请在读完全书后再行阅读）

岛田庄司

今年入围决选的三部作品水平极高，感觉不论把奖颁给哪部作品都可以。或者说，三部都获奖也没什么问题。特别是这一次，比我在日本担任过评审委员的各种奖项的水平都还要高。

所以今年的评审与定夺非常困难。但这个奖项注明只要是入围决选的作品都会出版，所以我的责任也就相对减轻了许多。

入围的三部作品，将来都会经过翻译介绍到其他地方，既可以对推理小说领域产生刺激、做出贡献，也能展现华文本格推理的高水准。因此，我想告诉参赛者，即使没获奖也不必沮丧。

另外，今年的三部作品，造诣在伯仲之间，我从未如此渴望能拥有一个可以在短时间内完成简易日译翻译的软件。有了这个新技术的协助，我有自信今后的评审可以更为精准。今年的评断之所以会变得如此艰难，很大的原因之一，是我深感就算拥有详细的大纲以及作者本人和副评审委员的报告，然而无法直接阅读作品的评断方式仍然有其局限。若作品的水平不是那么接近，那么只要报告中的观察角度与分析是正确的，评审就会轻松许多。

无论是结构、故事、诡计的质量，还是诱导读者的巧妙安排，各部作品都相当接近，但表现手法各不相同。在如此完美的情况下，我真的很想亲自阅读作品，深入作品，沉浸其中，等待答案自然浮现。在日本担任奖项评审委员时，我曾再三体验过这种做法，很有用。先有了结论，理由便会油然而生，就像用火车拖着货车走那般顺畅。

然而，由于这个奖不能依赖这种方法，所以我无法准确判断作品的文笔是否流畅、表现手法是否具有魅力、伏笔是否有效以及诡计细节的设定是否精巧，这令我十分苦恼，很担心最后会因此犯下大错。不过，对评审者来说，与其对得奖作品与非得奖作品之间的过大差距一目了然，还不如像这样被逼入绝境反而感觉更加幸福。

《热层之密室》中有先进科技的设定，可以说是名副其实的二十一世纪本格推理。发现尸体的现场，是在距离地球三百几十公里远的大气层中的热层，而且是以一万七千五百英里时速行进的环球空间站（USS）的微重力实验舱。在微重力状态的空间里，一具尸体飘浮着，周围还飘浮着无数红褐色球状液体，那是从死者的头部伤口溅出来的血。

案发现场是微重力的空间，地球上的物理法则在这里无法通用，所以人不能靠两只脚移动，当然也做不出杀人的动作。也就是说，不使用微重力空间的固有法则，就不可能做出太过激烈的动作。那么，在宇宙中的微重力环境下，会有超乎常理的谋杀方法吗？

环球空间站的微重力实验舱外，有五名不同国籍的组员。现场是封闭的密室，要有密码和指纹认证才能进入。种种证据显示，没有他们出入现场的痕迹。似乎是有人在地球上用某种方法杀害了那个人。那么，这个人是用什么方法杀害了死者呢？这个巨大的谜团，有着前所未有的魅力。

整个事件其实是由两个非常相似的事件构成的。二〇一〇年一月与二〇一八年四月，状况完全相同，只是聚集在实验舱外的环球空间站组员不同，而他们同样被判定为没有出入现场。

充满不可能犯罪色彩的谜团很快就出现了。故事的开头是聚集在环球空间站里的组员之一——俄罗斯人伊果·托夫斯基透过环球空间站的圆形天窗看到了奇特的光芒。他怀疑，一九八五年的苏联载人宇宙飞船“礼炮七号”上的组员在证言中说目击到的“如天使般发光的外星人”，会不会就是这个？但是，他在回程时遭遇宇宙飞船爆炸事故，不幸身亡。

伊果的儿子维特是一名优秀的航天工程学家，他收到过一封父亲在回地球前发给他的电子邮件。邮件的内容令人费解。维特知道，那些没有意义的文字符串应该是密码，但看起来很难破解。他凭借小时候跟父亲玩密码谜题游戏的记忆，终于破解了密码。通过密码的解读，维特得知，父亲认为自己很可能会因为美国的国家阴谋而被灭口,同时还有“如天使般发光的外星人”的神秘信息。父亲究竟知道了什么国家机密呢？

维特去了美国，从父亲当年在环球空间站的同事的女儿那里拿到了难以理解的诗。之后通过调查得知，看见“如天使般发光的外星人”时，在环球空间站内还会听见一种类似低音大提琴的急促擦音。

就在这个阶段，古怪的侦探角色登场。身为加拿大原住民且有“微笑药师”之称的他，是游戏业界的首席执行官，拥有靠嗅觉辨识事物的超能力，可以感觉到事物的思绪。这名超能力者对这起事件很感兴趣，开始独自调查。谜团逐渐明朗，事件似乎与二十世纪八十年代的美国前总统里根构想的“星球大战计划”有关。

作者是加拿大华裔，是有名的美食作家。如前所述，本作中有很多极富魅力的片段，具有一流的娱乐性，吸引着读者迫不及待地将书翻到下一页。作者拥有已臻纯熟的专业技巧，写作中似乎有意识地以“二十一世纪本格”为目标，向其靠拢、挑战。在这方面，我非常感谢。

不过，作品的易读程度似乎让人联想到欧美文学这样的西洋流派，以华文流派的语言来看，感觉和风情稍嫌不足。

本作与一般的本格在性质上有些许不同，但这正是激发读者阅读热情的原因。它并不是完全依靠庞大且极富魅力的谜团来刺激读者对谜底的渴望。虽然故事的案发现场是密室，但据我推测，这个故事的吸引力，并非把“谜团→解决”这一主干视为接收者与提供者相互理解的本格，而是从广义上运用冒险小说的写作方法进行了高明的引导。

因此，若是对是否找到了微重力状态下特有的谋杀诡计而抱有期待的话，那么你可能会有点失望。据我猜测，表现出对美国国家航空航天局、航天工程学的用心取材和一级理解力，展现波澜万丈的故事，才是作者着眼的第一宗旨。作为娱乐性小说，这部作品算是非常优秀的杰作，但从以前所未有的结构设计为目标的“本格”方针上来看，它还不具备成为一流作品的条件。

而且，故事与美国航天工程的历史重叠。当故事发展到宣布参与“星球大战计划”后，从那种大规模的感觉来看，似乎就能大致猜到谋杀方法了。

为了在宇宙空间破坏敌人的导弹和卫星，投入了天文数字的开发预算，大规模杀伤性武器、电磁脉冲的产生，以及伴随而来的奇特光芒——只要知道这些真相，就会联想到，当最强国家的最新武器瞄准一个人时，生命当然不堪一击，事情也会被隐瞒起来。所以，对最后揭晓谜底的期待，会在不知不觉中降低。面对类似国家规模性的摧毁方式，人类的肉体就像笼子里的小动物般脆弱。

原本期待作者会在地球物理法则无法通用的条件下想出一个前所未有的谋杀方法，然而随着背后原因浮出水面，却让人感觉离期待越来越远。

以“本格”为名的谋杀游戏，都是以个人这样的小规模为条件，才能产生“不可能”的趣味。若是与一支国家军队的所有人都有关系，事情完成后大家口径一致，那么再不可思议的杀人事件都可能发生。这样的设计或许也能写出杰作，但若想吸引以本格为志向的读者，就必须设计在其他任务中有人意外死亡，若不这么设计，也要尽可能让读者以为是个人行为。

本作是值得出版的一流力作，这点毋庸置疑。但这个奖项是以本格推理的纪念碑为目标的，所以我认为本作应该无法获奖。

关于噶玛兰·岛田庄司推理小说奖

华文世界近年来掀起了一股推理小说的阅读风潮，大量日本、欧美的推理作品被译介出版，也深受读者喜爱。金车教育基金会为了鼓励华文推理创作、发掘年轻一代深具潜力的推理作家、加深大众对推理文学的讨论与重视，获得了日本本格派推理大师岛田庄司的首肯，并举办两年一届的噶玛兰·岛田庄司推理小说奖。

诚如岛田老师的期待："向来以日本人才为中心的推理小说文学领域，势必交棒给华文的才能之士，我可以感觉到这个时代已经来临！"希望通过这个奖项，让更多人投入推理文学的创作，带给读者一个崭新的阅读时代。

这项跨国合作的小说奖已迈入第四届，在岛田先生和皇冠文化集团的支持下，致力将华文推理创作推广到世界各个角落，让此奖项不仅是华文推理界的重要指标，更是亚洲推理文坛的空前盛事，期盼未来华文推理作家能跃上世界推理文坛。

本奖项由生产"KAVALAN 威士忌"企业之金车教育基金会举办。

图书在版编目（CIP）数据

热层之密室 / 提子墨著. — 天津 : 百花文艺出版社, 2016.10
ISBN 978-7-5306-7046-0

Ⅰ. ①热… Ⅱ. ①提… Ⅲ. ①长篇小说－中国－当代
Ⅳ. ①I247.5

中国版本图书馆 CIP 数据核字（2016）第 189656 号

热层之密室

提子墨　著

出 版 人　李勃洋
出 版 方　百花文艺出版社
地　　址　天津市和平区西康路 35 号　　邮编 300051
电话传真　+86-22-23332651（发行部）
　　　　　+86-22-23332656（总编室）
　　　　　+86-22-23332478（邮购部）
主　　页　http://www.baihuawenyi.com
发 行 方　新经典发行有限公司
　　　　　电话 (010)68423599　邮箱 editor@readinglife.com
经　　销　新华书店

责任编辑　郑　爽
特邀编辑　王　雪
装帧设计　宋　璐
内文制作　王春雪

印　　刷　三河市宏图印务有限公司
开　　本　880 毫米 ×1230 毫米　1/32
印　　张　7
字　　数　150 千字
版　　次　2016 年 10 月第 1 版
印　　次　2016 年 10 月第 1 次印刷
书　　号　ISBN 978-7-5306-7046-0
定　　价　35.00 元